山因海而宏阔

海因山而壮美

——题记

《万古仇池》黄兆逵 拍摄

《飞扬的歌》何依璐 拍摄

山海间的吟唱

孙鹏 著

青岛出版集团
青岛出版社
甘肃人民出版社

图书在版编目（CIP）数据

山海间的吟唱 / 孙鹏著 . — 青岛：青岛出版社，2022.12
ISBN 978-7-5736-0675-4

Ⅰ.①山… Ⅱ.①孙… Ⅲ.①散文诗–诗集–中国–当代 Ⅳ.① I227.6

中国版本图书馆 CIP 数据核字（2022）第 245301 号

SHANHAI JIAN DE YINCHANG

书　　名	山海间的吟唱
著　　者	孙　鹏
封面题字	吕　程
出版发行	青岛出版社（青岛市崂山区海尔路 182 号，266061） 甘肃人民出版社（兰州市读者大道 568 号，730030）
本社网址	http://www.qdpub.com
邮购电话	0532-68068091
策　　划	刘　坤
责任编辑	刘芳明　李　丹
封面设计	李开洋
内文设计	W 戊戌同文
印　　刷	青岛国彩印刷股份有限公司
出版日期	2022 年 12 月第 1 版　2022 年 12 月第 1 次印刷
开　　本	32 开（890mm×1240mm）
印　　张	13
字　　数	300 千
书　　号	ISBN 978-7-5736-0675-4
定　　价	59.00 元

编校印装质量、盗版监督服务电话　4006532017　0532-68068050

序言一

一次特别意义的行走

走进甘肃，穿越时空，感受源远流长的文化传承。

甘肃，具有悠久的历史文明，地域特征异常鲜明，史前遗迹遍布省内各个地域，大地湾遗址、宁家庄遗址、寺洼遗址、栏桥遗址、马家窑遗址、齐家文化遗址，熠熠闪耀在陇原大地。这其中，始祖文化、敦煌文化、秦文化、乞巧文化、长城文化、三国文化、氐羌文化、佛教文化、道教文化、红色文化、民俗文化交相辉映，可谓异彩纷呈摇曳多姿，为"绚丽甘肃"做了最好的诠释与注解。

甘肃文化是中华民族多元一体文化的重要组成部分，与中原文明遥相呼应，同为华夏文明的发祥地之一，与巴蜀文化、关中文化、齐鲁文化、吴越文化等中国其他地域文化一起，构成了光辉灿烂的中华文明，今天仍然迸发出强大的生命力。

习近平总书记指出:"中华文明经历了5000多年历史变迁,但始终一脉相承,积淀着中华民族最深层次的精神追求,代表着中华民族独特的精神标识,为中华民族生生不息、发展壮大提供了丰厚滋养。"中国的自信,本质上是文化自信,文化是根,是魂,是一个民族最深沉、最持久的力量,为"中国梦"的实现提供了坚强的支撑。

东西协作,乡村振兴,这是党中央在新时期做出的英明决策。山海之间春潮涌动,借助这个平台,加强甘肃省和山东省的东西部文化交流,还有很多的工作要做,还有很长的路要走;这是一个大题目,需要不断注入新鲜的血液,不断植入新的课题,不断拓展广阔的空间。凡事总得有人去做,敢为天下先的勇气尤为可贵,山东青岛挂职干部孙鹏老师精心创作的散文诗集《山海间的吟唱》在这方面做了有益的探索,其开拓性和创新性的意义不言而喻,第一个"吃螃蟹"的人永远值得赞许。

在心为志,情动于中,孙鹏老师以文史为主线,将甘肃的文化加以精心梳理,将优美的自然风光与深厚的人文相结合,思想性与艺术性相得益彰,最终以散文诗的形式,浓缩为一篇篇短小精悍的美文,完整呈现在人们面前,不啻一桌丰盛的文化大餐。实践证明,这是一次大胆的尝试,也是一次成功的突破,将甘肃与山东的文艺交流提升到一个新的层面。我们欢迎这样的作品,期待更多的"东西协作文化交流传播使者"如雨后春笋般涌现。

在人们的印象里,甘肃似乎除了戈壁荒漠,就是落后的经济,"羌笛何须怨杨柳,春风不度玉门关",前人的诗句已然深深扎根于人们的脑海,不毛之地,千里黄沙漫卷,空旷无边,到处灰蒙蒙一片,似乎成了一种抹不去的记忆。

然而,甘肃璀璨的光芒终究是遮不住的。站在历史的坐标上回望,甘肃是豪放的,丝绸之路上摇曳一千多年的大漠驼铃,河西走廊响彻汉唐王朝铁血征战的呐喊,时时弹奏着盛世中华雄浑的乐章,莫高窟则成就了一门显学——敦煌学,豪迈地向世界宣告中华文明的博大精深,这些无一不是鲜活的例证。而实际上,除了大气磅礴的本性,甘肃亦是婉约的,宛如一柄长长的如意,有着"陇上江南"秀丽温婉的一面。金丝猴、熊猫不只四川独有,它们也在陇南安家落户。而今,随着"一带一路"倡议的实施,甘肃重回大众视野,高举和平发展的大旗,华夏的国运又一次迎来划时代的巨变,这必将深刻影响和改变整个世界。一千一百年过去了,漫卷的风沙带走了曾经的荣耀和沧桑,乘着新时代的东风,甘肃又迎来了属于它的"黄金时代"。

读万卷书,行万里路,这是一个作家理想的生活状态,更是其文学创作不竭的源泉所在。从东海之滨来到巍巍陇原,山海间不同的风貌,内地迥异于沿海的人文特质,它的厚重,它的典雅,它的秾丽与纤细,都将在来访者心头激荡不已。谛听千古陇原的回音,饱览大好河山带来的无限快感,有所思,有所想,有所感,有所悟,继而以饱满的热情,创作出一组组优美的散文诗篇章,孙鹏老师这一趟可谓收获满满,这是情怀使然,热爱使然,亦是才情和毅力使然。

作为一名东西协作的挂职干部,这样的行走,注定是稀缺而宝贵的,赋予了陇上行一种特别的意义。恍惚之间,时空仿佛模糊了,河西走廊、大漠驼铃、丝绸之路、敦煌飞天、仇池风云、三国鏖战等一些独具西部特色的符号,犹如七彩虹,又如漫天的朝霞,意象腾跃,灵动飘逸,一股脑聚拢到作家的笔下,重新焕发了勃勃的生机与活力,一时之间犹如百花齐放,让人目不暇接。

纵观《山海间的吟唱》这部散文诗集,给我突出的感觉就是思路开阔,题材宏大,旖旎的自然风光,瑰丽雄奇的人文传说,多姿多彩的民俗风情,书中都有详尽的描述。从大的方面划分,大体上可归为三类:一是人文景观,二是非遗传承,三是共同的乡土记忆和家国情怀。看得出,作者的知识面非常广泛,涉猎文史亦深,对甘肃有着非同寻常的情感,这可能与其参与脱贫攻坚和乡村振兴工作,长期生活在西和的经历有关。从这个意义上讲,天时地利人和齐备,自然是一个水到渠成的过程,细细想来,这部散文诗集的问世其实也是情理之中的。

文艺为时代立传,散文诗集《山海间的吟唱》的出版发行,为乡村振兴鼓与呼,也为两地留下了宝贵的第一手资料,必将在东西协作文化交流史上,写下浓墨重彩的一笔,这是毋庸置疑的。

甘肃省文联党组书记、主席 王登渤

序言二 山海情深 美美与共

青岛与陇南,一个在黄海之滨,一个在陇山之南,两个相隔千山万水的城市通过东西协作,结下了深厚的情谊,正可谓山海情,一家亲。

五年过去了,两市之间的交流协作结下了累累硕果。

现在,摆在我面前的,是青岛作家孙鹏老师所著的散文诗集《山海间的吟唱》,他是东西协作援助陇南的专技人才。文艺是时代的号角,乡村振兴这么宏伟的题材,广袤的山海之间热气腾腾的场景,必然催生优秀的文艺作品。挂职期间,有感于"山""海"的深刻意蕴,他用脚步丈量山川大地,以文笔慰藉情怀,一年的时间,在挂职日常行政工作之外,走遍了大半个甘肃,充分发挥自身的专业优势,满怀激情创作了这么一部优秀的文学作品,着实不易。我注意到,这部散文诗集基本涵盖了青岛大多数的人文景观，诸如栈桥、崂山、中山路、天后宫、八大关、登州路啤酒街、青岛支部旧址等篇目，读来让人倍感亲切。

机遇总是偏爱有准备的人。在东西协作的舞台上，继2020年5月参与脱贫攻坚，创作了30多万字的长篇报告文学《决战西和——一个贫困县的脱贫之路》，填补了甘肃省和青岛市脱贫攻坚长篇报告文学的空白之后，孙鹏老师再接再厉，今年又以"山""海"为题材，创作了这部散文诗集。仅仅两年多的时间，就有脱贫攻坚和乡村振兴两部作品问世，并且分别获得"2021年山东省主题出版重点出版物""2021年青岛市文艺精品扶持项目（创作类）"和"2022年青岛市文艺精品扶持项目（创作类）"等荣誉和扶持，其所取得的成就我们有目共睹。

"文章合为时而著，歌诗合为事而作。"运用之妙，存乎一心，文学作品成功的诀窍，关键在于选好角度，选好切入点才能从"同质化"的重围中脱颖而出。那么，《山海间的吟唱》这部作品的切入点在哪？——站在东西协作文化交流的角度，将两地间的人文完整呈现出来，增进彼此间的相互了解，助力乡村振兴工作。毫无疑问，在时代的大潮中，作者牢牢把握住了时代的脉搏，切题精准到位。

置身文化底蕴深厚之地，如果对当地人文没有深刻的领悟和高度的概括力，创作出的作品必然像流水账似的，属于浅层次临摹，是苍白无力的。重要的是要写出"山""海"的精神，这就决定了这部散文诗集与其他作品的不同之处，而恰恰这种"差异性""独特性"和"唯一性",无形中奠定了其成色和品质。

"志不求易者成,事不避难者进。"孙鹏老师既是一名作家,又是乡村振兴工作实际的"参与者",双重角色的叠加,即使放在全国也很少见,这使得这部作品独树一帜、现场感十足。在我看来,宽广的视野和宏大的表述、独有的山海气质是这本散文诗集最主要的特点。

《山海间的吟唱》散文诗集的问世,源于孙鹏老师高度的政治担当、坚忍不拔的毅力以及自身拥有的深厚文史素养。置身人文氤氲的山海间,笔触强力楔入历史的深处,谛听时代的风起云涌,以非凡的担当和勇气将大美河山用飘逸的文字固定了下来,走出一条独具特色的文艺帮扶之路,为"东西协作 山海情深"又增添了一段佳话。一年的时间,完成一部体量如此之大的散文诗集,这是一场艰苦卓绝的"攻坚战",脑力和体力上的付出可想而知,身为青岛挂职干部的一员,他的敬业、恒心、毅力、情怀,正是东西协作伟大精神的生动体现。

"东风忽起垂杨舞,更作荷心万点声。"众所周知,散文诗是青岛文学的一朵奇葩,正如你可能不知道青岛这座城市,但却知道青岛啤酒一样。在国内文学界,青岛的散文诗同样享有极高的声望。在耿林莽先生的引领下,历经数十年精心耕耘,岛城的散文诗群体可谓异军突起,"老中青"三代实现了有效衔接,名家、大家层出不穷,且呈蒸蒸日上之势。尤其是近几年我市编纂出版了《中国散文诗一百年大系》《散文诗里的青岛》两部佳作，加上孙鹏所著的这部《山海间的吟唱》，为人文青岛渲染了厚重的底色。

　　孙鹏老师是近几年涌现出来的新秀，能在这么短的时间内，将甘肃和青岛两地的历史、人文脉络梳理得这么清楚，并且熟练地运用到散文诗的创作中，实在难能可贵。借助东西协作文化交流的平台，孙鹏老师的散文诗创作进入一个喷发期，展示出巨大的创作潜力。祝福青岛的散文诗，祝福孙鹏老师，期待更多反映东西协作交流的作品不断涌现，期待山海间交流协作的道路越走越宽广。

　　　　　　　　　　青岛市文联党组书记、副主席　程胜吉

目录

序言一
一次特别意义的行走 / 1

序言二
山海情深 美美与共 / 5

第一辑 伏羲生处 / 1
伏羲崖 / 3
女娲石 / 5
大脚印 / 7
刑天葬首 / 9
宁家庄遗址 / 11
栏桥遗址 / 13
彩陶权杖 / 15
西汉水 / 17
乞巧节 / 18
仇池古国 / 20
仇池山歌 / 22
云华山 / 24

八峰崖 / 26

白雀寺 / 28

法镜寺 / 30

佛孔寺 / 32

姜席三国壁画 / 34

凤凰山 / 43

岷郡山 / 45

香山 / 47

新路颂 / 49

隍城 / 51

老县衙 / 53

西和会议纪念馆 / 55

晚霞湖 / 57

春倌说春 / 59

西和麻纸 / 61

第二辑 陇原回声 / 63

尖山寺 / 65

鸡峰山 / 67

盐官古镇 / 69

秦直道怀古 / 71

秦文化博物馆 / 73

凿空西域 / 75

河西走廊 / 77

天骄意气 / 79

马踏飞燕 / 81

丝路花雨 / 83

李广墓 / 85

七彩丹霞 / 87

汉长城遗址 / 89

武侯祠 / 91

黑水国遗址 / 93

张掖会盟 / 95

阳关三叠 / 97

杜甫草堂 / 99

千年敦煌梦 / 101

青藏高原 / 103

美仁草原 / 105

米拉日巴佛阁 / 107

羚城 / 109

卧佛寺 / 111

万象洞 / 113

西狭颂 / 115

鸣沙山 / 117

月牙泉 / 119

官鹅沟 / 121

麦积山石窟 / 123

意象陇南 / 124

嘉峪关 / 125

茶马康县 / 127

黄河铁桥 / 130

两当兵变 / 132

哈达铺 / 134

第三辑 蔚蓝海岸 / 137

火牛阵 / 139

琅琊台 / 141

霸王台 / 144

田横岛 / 147

六曲山 / 150

九曲巷 / 152

法海寺 / 154

童真宫 / 155

平度说唱 / 157

即墨古城 / 159

天柱山 / 162

市舶司 / 164

古埠断想 / 166

崂山 / 168

太清宫 / 172

二龙山 / 174

海云庵糖球会 / 176

北宅樱桃节 / 178

雄崖所故城 / 180

峄阳故里 / 183

高凤翰纪念馆 / 184

湛山寺 / 186

石老人 / 188

海鸥 海鸥 / 190

城阳放歌 / 192

沽河春晓 / 194

花海湿地 / 196

韩家民俗村 / 197

第四辑 五月的风 / 201

天后宫 / 203

小青岛 / 205

青岛第一井 / 207

栈桥 / 209

胶澳总督官邸 / 211

馆陶路 / 213

登州路啤酒街 / 215

青岛山炮台遗址 / 217

纺织谷 / 219

中山路 / 221

国际邮轮母港 / 223

五月的风 / 225

中共青岛支部旧址 / 227

三合山 / 230

八大关 / 232

樱花大道 / 235

鲁迅公园 / 237

康有为故居 / 239

闻一多故居 / 241

梁实秋故居 / 243

萧红故居 / 245

沈从文故居 / 247

骆驼祥子博物馆 / 249

辛屯钟亭 / 251

永远堂 / 254

第五辑 心灵之约 / 257

小路 / 259

胡同 / 261

菜园 / 262

老屋 / 264

老相框 / 266

春天的梦 / 268

早春二月 / 269

三月礼赞 / 270

四月宣言 / 272

春日风波 / 276

清明 / 277

端午 / 279

红天鹅 / 281

细雨乡村 / 283

盛夏情怀 / 285

蝉声清亮 / 286

倾听天籁 / 288

芦苇情思 / 289

秋日野趣 / 291

明月遐思 / 294

秋分 / 297

秋之歌 / 298

深秋意蕴 / 299

天边 那一抹浅蓝 / 300

北风 / 301

雪花 / 303

石头吟 / 305

四十不惑 / 309

父爱如山 / 313

隆冬影像 / 314

岁末回首 / 315

年集 / 316

新春畅想曲 / 318

怀念一个村庄 / 321

我在桃花里等你 / 322

万水千山总是情 / 323

中年，与一杯红酒相遇 / 326

第六辑 千古咏叹 / 327

夸父追日 / 329

嫦娥奔月 / 331

牛郎织女 / 333

白蛇传 / 335

孟姜女哭长城 / 337

梁祝化蝶 / 339

西施逐水 / 340

苏武牧羊 / 342

昭君出塞 / 344

貂蝉拜月 / 346

贵妃醉酒 / 348

高山流水 / 350

长平之战 / 352

十面埋伏 / 354

霸王别姬 / 356

汉宫秋月 / 361

草原抒怀 / 363

甲申悲歌 / 365

秦淮八艳 / 369

四大名著解读 / 371

一场古典主义的雪 / 375

蒲松龄与《聊斋》/ 376

沁园春·雪 / 377

四海翻腾 五洲震荡 / 378

春天 不朽的传说 / 380

冷峻的热血 / 382

卢沟桥 / 385

黑雨·白雪·桃花红 / 387

美丽中国梦 / 389

第一辑

伏羲生处

采撷陇上一片白云，开启一万年的山中光阴。

伏羲崖

一

一画开天，文明肇始。

蝴蝶与油菜花低语，点燃春天的热情，随神鱼泉涌出的，还有通天的神谕，度己，度人，更度天下苍生。

飞龙在天，长卧若舟，山水形胜之地，文明的星火被点燃。华夏骨骼清奇，血脉基因塑造成型，仇池巍巍，汉水泱泱，伏羲崖深藏生命的终极密码。

大大小小的洞窟，排列成阴阳八卦的样式，春风浩荡吹过山岗，激情讲述远古人类的智慧。

在史前的遗址上徘徊，在结绳记事里回望，在网罟渔猎中寻觅一缕清风，在五色土里谛听上古的琴音。

二

人首蛇身的传说，一半是史实，一半是信仰。

血肉之躯向神祇转变，没有庇佑先民的大德，哪来千秋万代的敬仰？山谷的回音厚重而清亮。

群山高不过庙宇，充盈天地的正气，弥漫整座仇池山。

剥去年代厚厚的躯壳，亘古的情感依然热气腾腾，循着缕缕飘散的青烟，山野村夫弯腰捡拾着什么。

而这样的寻觅与皈依，注定千年万年不绝。

万物欣欣的时节，何人持一把钥匙，开启尘封一万年的山中光阴，瑰丽的人文传奇翩翩起舞。

女娲石

一

蕴五色而灵秀,具悲悯而沉静。

春水初生,万物生养,香柏苍翠欲滴,白杨高大挺拔,水流引导前行,河水拐弯处,女娲石赫然直立,龙山蜿蜒前行。

走进古老的传说,走进洪水滔天的上古时期,任思绪翻腾奔涌,那柔弱之中的爆发,若深谷幽兰,天地之间吐露母爱的芬芳。

与春风结盟,和百花对望,女娲石安卧河滩,红绸带遍布黑色的岩体,翠色之中从来不乏希冀,美好的寓意绵延千秋万代。

喳,喳,喳,几只喜鹊落在树梢,"嗖"的一下又飞走,盘旋数圈,复又栖于巨石之上。

二

神物自带光华,叩拜,以一种不为人知的方式。

一万年太短,莽莽苍苍的大山生发层层雾霭,茂林修竹环绕，苍松翠柏遮掩，严密保护着神话故事的源头，保护着生生不息的传统人文。

传说太过久远，岁月叠加一层又一层，历经风雨剥蚀，依旧鲜活如初，史前文化的年轮和根系，远比文字更为发达和坚韧。

这个季节，泉水清澈见底，蛙声十里可闻，群山密林间花香氤氲，谁在九天深情俯瞰？

仿佛，有一首劲爆的山歌，催开了枝头鼓鼓的花蕾，恋恋不忍离去。陇原春色如许，情定万里山河，从来不需任何缘由。

大脚印

一

　　高山耸峙，百草丰茂，激流由悬崖跌宕而下，争相诉说滔滔峥嵘往事，大脚印侧耳聆听。

　　华胥氏踩脚印感应十二年孕伏羲，秦始皇祥瑞之年云华山祭祖，一代女皇武则天惊世骇俗，"大足"年号千古独有！难道，这就是搅动历史风云的"风暴之眼"？

　　大脚如船，履痕现身巨石之中，一汪清泉闪耀粼粼波光，云光花木投影，千秋史记涌流。莽莽群山高，潺潺流水长，悠悠思绪荡向何方？

　　拜谒皇天后土，叩问世相人心。

　　美丽的故事与人间百态共同演绎，嵌入大脚印鲜活的灵魂，给予丰厚的馈赠和深刻的启示。

二

　　风云终有平息之日，而那不朽的传奇，注定跨越千山万水的羁绊，此刻，就在洛峪镇响潭瀑立住，永无休止地向四周扩散。

春日的阳光下，彩蝶翩翩绕飞芳甸，蜜蜂嗡嗡隐没花丛，岩石之上举目四望，峰峦起伏，百鸟争鸣，千年万年的时光似乎停滞了，山中纪年松柏做甲子。

清风一小岁，人间万木春。

沉默的永远沉默，执着的还是执着，回首，抓不住一丝微风。那风，钻入唢呐又转出，化作琵琶嘈嘈急雨，猛烈击打着战鼓，秦腔一吼万山葱翠。

洛峪河缓缓流淌，山光水色之中，平添了一份神秘与宁静。

刑天葬首

一

雷声由远而近，滂沱大雨中，谁在仰天嘶吼？恍然战鼓擂响，千山万壑呼应，陡然一声断喝，巨象往来纵横驰奔。

以乳为目，以脐为口，一代战神怒目圆睁，穷尽天际的发问，射出一支支带血的利箭。

心迹凝结于霜雪，草木一岁一枯荣，不朽的神话传说化作朵朵白云，飘浮于峰峦之巅，高山峡谷间风云激荡。

风吹原野，绿意葱茏，仿佛有一首歌，带着泥土的气息，直抵灵魂深处，纵情回荡在五月的花海。

那里，安放着故土香甜的梦境，那里，隐伏着血浓于水的亲情。

二

干戚，祭祀上苍的神器。

身躯，威武不屈的象征。

生生不息的华夏基因密码啊，倔强地沿着谷底攀缘而上，绿藤野花缠绕的崖壁，响彻着不屈的呐喊。

仇池山倒映西汉水，耸起高高的头颅，西汉水环绕着仇池山，《扶犁》之乐与《丰年》之咏飘飘可闻。

以山为幕，以水为台，灵山圣水间，春风荡涤昨夜一切陈迹，不放过每一次河水冲击崖岸的欢呼。

青山巍巍葬其首，绿水悠悠荡其魄，俯仰之间天地萦怀，世上万物各得其所。

宁家庄遗址

一

与上苍对话，和神灵密语，地下沉睡七千年，陡然抖落一身的沧桑，酋长的领地开满鲜花。

新石器时代镶嵌在斑驳的土墙，彩陶、灰陶碎片纷纷现身，细说宁家庄的过往，不论千秋成败得失，只论柴米油盐寻常时光。

这永恒的家园啊，到底要怎样寻觅，才不至于一次次走失？平淡与传奇之间的转换，被西汉水冲刷得干干净净。

一朝彩陶权杖出土，华彩绚丽惊天下！

目光触碰之间，恍然白发苍苍，而远古的先民，正在山林间辛勤劳作，鸟兽四散奔逃。

石刀斫伐树木，构建四四方方的家园。

石铲翻开土层，文明的种子开始萌发。

陶镯叮当作响，艺术赋予审美的体验。

骨针穿过岁月，补缀沿途失落的记忆。

二

悠悠岁月何处可寻?

狩猎捕鱼,篝火腾跃,白天挽着夜晚的手,跳起了欢快的舞蹈,填补大把大把的史前空白。

时间换取空间,热切的目光拂去堆积的灰尘,红陶瓶走出严严实实的土层,款款一曲轻歌曼舞,马鞍口双耳罐倾诉郁积的心事。

雷声闪电此起彼伏,古老的村落几度变迁,复出的密码刻在鱼纹彩陶盆上,里三层外三层,一如眼前宁静的小山村,隐忍中孕育爆发的力量。

立于半坡之上,俯瞰苍茫的群山,灰坑、窑址上空浮现久违的生活场景。画面,总是有些残缺和模糊,揭开一个谜底,却又陷入更大的困惑。

心绪连接古今,入口亦是出口,宁家庄遗址博物馆伸展想象的翅膀,庇护着原始的质朴与纯真。

栏桥遗址

一

小雨淅淅沥沥，陈年的旧梦浮于其上，半空撑开一把把小伞，降落一地金黄的记忆。

迎风而立，长发飘逸，遗址立于旷野之上，思接千载宏阔八方，陶、铜、石器拼接出原始村庄的模样，大地上的展馆宁静而致远。

打破沉默的，是一只夹砂红陶敞口罐，古朴典雅的仪态落落大方，暗红色的装束衣袂翩跹，几千年的等待何其漫长，一朝天籁之音唤醒，怎能不敞开心扉一吐为快？

那是缥缈悠远岁月的一抹鲜明胎记，洋溢着黄河之水天上来的磅礴快意。

远古的容器插上人文的翅膀，徜徉艺术的殿堂，要不是偶然掀起帷幔一角，一窥青春不老的容颜，怎知你气质如兰？

二

一张线条勾勒的面庞，尽染远古的风霜，后世的子孙进进出出，打量四四方方的庭院，也悄悄打量着自己，蓦然心跳不已。

仿佛一个路标，宛若一种昭示。

半坡之上遮风挡雨，石凳环绕石桌，在有月光的晚上，是否曾经邀约先人把酒言欢？纵横交错的枝叶遮挡了视线，凝望西汉水中游的一个个村落，不觉潸然泪下。

祖宅被后世的岁月重重覆盖，也为层层历史掩埋，高山大河巍峨奔腾，原始的图腾化作深沉的伟力，希望如烈焰腾腾燃烧不已，曾经的沧海往事日渐清晰。

渴望一场大雪覆于其上，万物回归本初，一睹仰韶文化的真容。

彩陶权杖

一

曾经,高居云端之上,威严俯瞰众生,不容一丝质疑,此刻,静静躺在展柜一角,幽幽古韵流淌,惊艳了七千年的时光。

赭红色的线条,绘成太阳神的模样,鱼纹与勾叶纹缠绕,采集和渔猎并重的年代,回望刀耕火种的生活,宁家庄遗址带来几许遐想。

那是一个真实的存在,没有文字可以记载,只有口碑世代相传,偶尔远古的遗迹现身野外。

那是一个不灭的神话,真相犹如石沉大海,徒劳地徘徊在史前的门槛,必须辅以丰富的想象力,才能参透重重玄机。

二

闪耀着智慧的光芒,洋溢着激情的火焰,挥洒着辛勤的汗水,追逐着太阳的梦想。

战猛兽毒蛇,先民的泪凝结成琥珀,绘瑰丽岩画,炎黄的梦在骄傲诉说。

黄皮肤，高山巍峨，西北的风粗犷厚重；黑眼睛，深邃清澈，九州的河波澜壮阔。

头戴一顶百花皇冠，身着五彩斑斓图腾，手持彩陶权杖，氏族首领站立在熊熊燃烧的祭坛面前，他是强壮有力的，也是神秘莫测的。

百兽匆匆奔走，大河急急东流，大幕缓缓拉开，短暂定格为永恒，只不过惊鸿一瞥，哪里容得后人看个够？

从远古走来，麻布与兽皮哗哗作响，彩陶权杖的主人现身泥草混合的房屋，千呼万唤终于露出尊容。

西汉水

蒹葭苍苍,白露为霜,所谓伊人,在水一方。

西汉水雾气缭绕,先秦的歌谣遗失在水草岸边,优美的唱腔弥漫开来,白鹭一路寻寻觅觅。

洁白的羽翼掠过水面,一个俯冲瞬间飞上蓝天,复又栖身芦苇之上,随风自由摇曳。

河水缓缓流淌,像时光一样从容自在,是谁,婆娑的身影时隐时现,清亮亮的嗓音深情而婉转?

夹岸青翠,芦苇沙沙,谜一样的白衣女子啊,长袖一挥,隐入河流两侧的高山,只待秋风飒飒的季节,迎风翩翩起舞。

伊人去向何方?

月白霜浓,雾气茫茫,千年的岁月流水作证,谁人沾染一身泥土的芬芳,湿漉漉一声呼喊,山水争相应答。

这世间的美好呵,奏响亘古不变的清音,悠悠从古流到今。

乞巧节

一

千年乞巧千年唱,一脉相传到如今。

秦风汉继,云锦天衣,织女信手裁下一片,乘风飘飘归去,一年一度鹊桥相会,换来人间七天八夜的狂欢。

谁赐一根银针,穿过吉祥如意的孔隙,巧手编织七彩的生活,天上的银河与人间的灯火交相辉映。

云华巍巍,丹霞见证虔诚的叩拜;

汉水泱泱,蒹葭慰藉苍凉的心绪。

晚霞湖畔,瑶池仙境荷香袅娜,美丽的传说晶莹剔透,织女化身一尊汉白玉雕像,流云飞渡我自从容,霞光掠影人间春梦,水云间孤鹜齐飞。

二

红尘自有禅机,星辰何曾坠落?

那是永久的夙愿,那是世世代代的心声,深情凝望中不觉悄然来临。

这是一个诗意丰沛的节日,亦是少女浪漫遐想的时节,置身浩瀚的星空，心里话说给巧娘娘，说给麻姐姐，不变的信仰与古老的民俗紧紧相拥。

半边月，扫蛾眉，女儿梦，柔如水。

七月初七，薪火再度熊熊燃烧，青烟飞升，香烛暗自流泪到天明，勤劳为伴，巧芽心头时时萌发。

美好寄于未来，祈望年年花好月圆。

仇池古国

一

魏晋,南北朝,五胡十六国……

山下的政权走马灯似的旋转、变换,仇池国隐匿崇山峻岭之中,杨氏国脉的根系扎根岩石罅隙,掘地见水,煮土为盐。

二十四隥,三十六盘,九十九泉清洌甘甜,万亩良田牛羊成群,城墙和宫室屹立危崖之上,桃园绝世独立,亦是下一个征服的目标。

前后仇池国首尾相续,武都国、武兴国、阴平国开枝散叶,西汉水和洛峪河哗哗流淌,一条氐族的血脉绵延千里。

谁在山巅极目远眺?唯见白茫茫一片云海,依稀听见兵马的喧嚣。

二

沙场征战苦,铁衣百战寒,依附、背叛、扩张、覆灭……头顶一线天,夹缝中闪展腾挪。

三百多年的时光，看客换了一茬又一茬，独角戏仍在不紧不慢地上演着。翩翩长袖挥舞，角色频频转换，剧目一出连着一出，浑然忘了谢幕。

　　峰峦萦绕着云雾，山一重水一重，道远且长，生存抑或毁灭？马蹄唤醒山林，运粮的队列逶迤着伸向远方。

　　传承与开拓对峙，进取与固守争雄，到底走向何方？国祚置于祭坛，熊熊燃烧不止。

三

　　先祖的荣耀隐没云层，千古功业与夕阳沉沦，春花秋月梦几回，江山社稷与深宫美人双双喋血。

　　一块四四方方现代石碑啊，屏蔽了一切过往，仇池古国的遗址矗立田园之上，秦岭梦碎，苍鹰远遁，山谷的风呼啸着盘旋上升，落叶上下翻飞。

　　权谋在厚厚的黄土下面沉睡，晋归义氏王仍然醒着，一遍遍讲述王国的生存之道，金玉良言变身为县城中心的标志性雕塑，犹如罩上神圣的光环，灼灼耀人眼目。

仇池山歌

是潺潺小溪流出的清泉,翠绿荷叶上滚动的露珠,款款立于小荷之上的红蜻蜓。

古老的仇池山歌呀,请暂停黄鹂般动听的歌声,能否告诉我青春永驻的秘诀?苍茫的仇池山松涛轰响,憨厚的先民回头一笑,阴晴圆缺牵动四时的意绪。

是屋檐下晶莹剔透的粗大冰凌,袅袅炊烟中不紧不慢的情感抒发,紫燕啁啾里刻骨的相思与爱恋。

山水浸润的仇池山歌哟,怎么突然化作了一只白狐,茂林修竹里频频出没,远去的足音在罐罐茶里上下沉浮,悲欢离合的人间百态起伏跳跃。

是温润泥土中的一粒种子,顽强拱出地面的一丛新绿,姹紫嫣红开遍山川的野花。

淳朴的仇池山歌啊,你究竟来自何方?究竟是巍巍秦岭深处,先秦编织的白云梦境;还是浩浩的长江水,汉唐滚滚波涛给予的灵感和启示?

农夫手扶犁耙笑而不语,手中的鞭子甩得脆响,明媚的春光自会诠释一切,沐浴着金色的朝晖,还能说什么呢?

燕子，这倔强的精灵，奋力从唐诗宋词的束缚里挣脱，迅速还原为黑色的闪电，滑翔俯冲，上下翻飞，活活泼泼地刺破长空，一任自由的心性泛滥。

云华山

一

一路登攀而上,关山险峻何止此途?傲然回首间,六国——匍匐在地。

赖六世之余烈,更兼雄才之伟略,四海终归一统,庄严告慰先祖,也祭祀壮丽的山河。

皓月当空,清风徐来,牺牢祭品摆上供桌,谁在顶礼焚香,口中喃喃自语?玉圭玉琮沟通天地,三跪九叩之后,已然神灵附体,三界往来自由穿梭。

铁血狼烟几多赳赳老秦身影,横扫六合千古功业可与天齐?始皇帝似是自问,又像在自答。

车马仪仗辚辚启动了,却把逸闻与传说留在原地,回头虎嫣然一笑,一代帝王的雄心壮志,任由世上的巧女裁剪加工。

二

金戈远遁,风云绕指。

山间的云雾飘来又散去,玄武大帝披发赤足,脚踏龟蛇，袅袅青烟里，钟声空灵而悠远。

三面临空一线相连，赫然天上人间界限，玉簪划开天堑，西汉水化身汹涌的银河，成群的喜鹊喳喳飞来，牛郎织女泪洒七月七。

峰顶云雾缭绕，天庭仙乐萦耳，太上老君挥一挥拂尘，八卦炉中六丁神火熊熊燃烧。

山川之固甚于大一统王朝，无论天上还是人间。

千年道教名山微微一笑，红艳艳的丹霞尽染朝晖，变幻出至真至善至美的万千气象。

八峰崖

一

青山葱茏，峰峦叠翠。

魏晋南北朝隐入苍莽的群山，唯有那一声声佛号，和着山间的鸟鸣，执着地萦绕在八峰崖上空，再也不肯离去。

仇池王杨茂搜因何感动上天？一夜大雨倾盆，寺院殿宇稳稳立于峰腰中间，上接九重天，下连凡尘人寰处，传说诞生的石窟美丽而持久。

壁画中的蝴蝶花卉引路，一代诗圣小径踏出人间大道。极目山河远，险峻入壮怀，匆匆一首《石龛》献祭，寺顶山门为谁开？

明代的弥勒佛意味深长，俯视仰望左右回眸，桃李春风无处不在，江湖夜雨残梦万里，状如迷之微笑。

二

释迦牟尼端坐正中，十八罗汉护持，岁月侵蚀了晋代衣冠，华丽的线条依旧流韵飞动，而神情愈加庄严慈悲。

四大天王各持法器，怔然一声奏鸣，拓跋珪翻身跃马，北魏兵马前出阴山，琵琶之上惊雷闪电隆隆滚动。

清代的石碑镌刻前朝，也牢牢嵌入桐城派的"义法"与"神气"，涧水潺潺松柏拂涛，一撇一捺极尽方正清幽。

悬空栈道虚实相间，芸芸众生枉自踌躇，雕梁画栋七巧玲珑心，金刚怒目菩萨肠，百转千回一念通透，慧心悟得真经。

那山，那水，那龛，那画，融进方圆百里无边的秀色，任你裁剪一角，妥帖放在心上。

谁在吟风长啸？千年的古意不请自来。

白雀寺

一

左崆峒，右隍城，观山正当中。

日影徘徊西斜，白水河蜿蜒东去，四台山矗立人心最高处。

松柏参天，祥瑞云集，十二院落佛乐飘飘，麻雀追逐着凄婉的传说蹦蹦跳跳，寻寻觅觅中，不经意间，与山门屋顶中央的白雀砖雕四目相对，恍如大梦初醒。

木质结构的白雀寺，怎经得起蓄意的一场大火？五百僧尼与万名香客如何超度？舍身崖纵身一跃，妙善公主以菩萨之心，终成观音之身。

西峪国的神话传说笼罩在烟雾之中，朴素的情感更具生命力。千古人心刺破云层，牢牢扎下一方水土的根基，威武的石狮日夜守护山门两侧，魑魅魍魉休想入内。

二

顽强亦是柔韧的孪生兄弟，山光水色护持，善男信女供奉，一块南宋的重建断碑，诉说千年古刹一次次涅槃重生,钟鼓楼迎送百代匆匆过客。

晴空梵音萦耳,云水淙淙流淌,达摩祖师与真武大帝比邻而居,两条彩绘巨龙从梁间探出头来,佛法与道场各臻精妙。

循着山体的走势,汉传佛寺步步为莲,观音村一路撒播慈悲的心怀。

炊烟栖于古槐之上,落叶簌簌而下,烟火人间悲喜相续。一篇中元节的祭文洋洋洒洒,恍若白雀一声啼鸣,山寺重归空蒙的意境。

法镜寺

一

宛若游子回归故里,是那永不停歇的寻觅,不经意间的一次回眸,最终找到了心跳的感觉。

而那一条玉带,百转千回之中,依然痴心不改,曼陀罗、山玉兰次第开放,清幽一直铺陈到山下。

世上但见庄严相,哪见寒山笑世佛?

一只法螺遗失山水间,临风呜呜吹响,北魏王朝转身不见。诸葛亮六出祁山,宋金争锋石堡城,烽火硝烟胜负难料,偈语消弭了兵戈战火。

石雕佛像立于半山之上,三界法身清荷拂面,就那么宛然一笑,因何颠倒了芸芸众生?

二

勘破红尘三千丈,云水禅心入吾境,虬龙临空探出葳蕤枝,慧眼所及,皆是十里春风客,回首已是佛陀身。

不变中有变,无中却生有,真经,就在山崖供奉。佛光往来徘徊,释迦牟尼默念咒语,静待有缘人出现。

藤萝古木飞翠，满山花开清香氤氲，恍然此身何处？梵音自山巅纷纷洒落，天女散花般清丽婉转。

走过千山历尽悲欢，终将明了：你所能捡拾的，只有自己的内心，从此与外物了无牵挂。

不觉日影西斜，佛祖真身隐于大殿，法镜寺斑驳陆离，冥冥子规一声啼叫，可是诗圣魂魄归来？

佛孔寺

一

马元河畔流金光,粼粼碧水转几回?一座北魏的寺院应运而生。

一同拔地而起的,还有蒸蒸日上的国运,亦将拓跋宏的文治武功推向巅峰。

再回首,唐玄宗开元三年,大唐沐浴在春日的阳光下,花开十里锦绣,盛世繁华外溢。

千里之外,废墟之上重塑金身,这是一代君王的自信,更是舍我其谁的豪迈宣言。

两代赫赫雄主,一片赤诚礼佛之心,架构起千年古寺的巍巍雄风,手一松,终究还是在时光中滑落。

竹影婆娑,清风摇曳,谁在摇头叹息,继而仰天长叹?

二

历史终将谢幕,而神话传说始终不离不弃。

通天河经书落水,西天路上又遭一难,距离修成正果却又近了一步,走进佛孔寺,佛缘自然紧随其后。

山路逼仄，藤蔓野花绕颈，时见山鹰、雏鸡出没于途，勘破世道人心，方得经书要义之精妙。

仰望半坡之上，金鼎山石窟密密麻麻，状如佛家万千经典的阐释。尘世的面孔模糊了，白鸽翩翩绕飞，静以动补，动以静养，同归心灵安宁一途。

自古成高僧大德者几人？泉眼无声，投下尘世几许心愿；翠柏披红，寺院香火半空袅袅飘散。

姜席三国壁画

桃园结义

桃花灼灼,如梦似幻,春光璀璨之地,铺展开万里锦绣前程。

乱世的一角,风云凝聚为一股豪气,丈八蛇矛、双股剑、青龙偃月刀铮然作响,匡扶汉室的宣言落地生根,忠孝节义借此开花结果,桃园之约春风拂面。

四月的天空纵横交错,枝干状如虬龙盘旋而上,春天生长无穷的力量,阳光下的誓言哀婉动人,欢笑与眼泪一饮而尽!

谁识肝胆心,知否其中味?

桃园虽小,装得下整个东汉,天下虽大,怎及桃园春色如许?抬望眼,花海如歌,翠色横流,桃园三结义,三分天下宛然在望。

豪放中不乏温婉,沉默里更具坚韧。

道德文章开路,沿途布撒仁义的种子,从桃园出发,携手走向外面的大千世界,最终到达富饶的天府之国。

江湖的传说渐渐老去,桃园依旧延续不朽的传奇,青烟缭绕时隐时现，一枚枚熟透的桃子，红艳艳摆上供桌，千百年来供人顶礼膜拜。

凤仪亭

亭台楼阁间暗藏杀机。

绝世的美丽摆上祭坛，司徒的连环计借助月光下的女子，生死存亡之际，欲作徒手一搏。

有凤来仪，非梧不栖，凤仪亭是绝佳的舞台。

导演三言两语讲完故事梗概，心事重重隐于幕后，没有交代任何一句台词，表演者挥袖走上前台，成败与否全凭己方悟性。

没有观众，亦无人喝彩，聪慧借助美貌，一颦一笑收放自如，纤纤玉手运力均衡，绳索两端轻巧套住猎物。

池中的荷花盛开了，粉面香腮艳若朱砂，咿咿呀呀千娇百媚之中，一杆方天画戟猛力掷出，情节快速进入高潮！

玉人长长舒了一口气，时候不早了，该卸妆了。

胜利者大摆筵席举杯相庆，满桌的忠臣义士，绝口不提一人，男尊女卑的社会，她是注定上不了台面的，只能被当作玩物转来赠去。

寒星隐退月华照人，心事秘而不宣，樱桃小口一杯又一杯，直至露水打湿了蝉衣。

长坂坡

白马银袍,一杆长枪梨花飞舞。

见惯了宫娥婀娜的舞姿,哪见过如此英气勃发的身影?万物蓬勃生长的季节,十八般兵器击打奏乐,千军万马驰骋广袤的疆场,美哉,壮哉!

阿瞒的眼光够毒!

咚咚咚,战鼓敲响,平生难得一见的场景,怎可贸然叫停?高潮迭起,可谓好戏连台,那就在高岗之上看个够,一睹战将的风采,平庸的对手无比乏味,那就沉醉其中吧。

醉眼蒙眬,双袖舞动混沌的世事,戏里戏外,何须分得如此清楚?黑白隐遁,鲜血迸溅,成片成片的桃花、梅花倒伏一地,宛然军阵的排列样式。

观众可以入迷,主人公却不是演戏,赵子龙一身是胆,单骑突出重围,又决然二次杀入,铁血的烘托显然有些乏味,一进一出,背后的小主人睡得正香。

刚柔相济,到了这个节骨眼上,戏份俨然已经很足。

别急,还有"刘备摔孩子""喝断当阳桥"两出好戏呢,长坂坡需要一个非同寻常的结尾,需要一大串分量极重的感叹号!

火烧赤壁

火光开出艳丽的花朵,花蕊以闪电的速度爆裂、凝固。

江水由清而红至暗,一场生死大战,胜利者与失败者灰飞烟灭。作为见证者的赤壁，娓娓向后人讲述了一千多年。

许是年代久远，没人听懂它说的话。

它在等待，等待一个后世的文豪，只须吟诵一首意境开阔的词作，便可收放自如，抚平战争的累累伤痕，赋予血腥的战场一种别样的美。

一叶轻舟从月光里驶出，穿过悲欢离合的江水，跌入迷离恍惚的时空，径直冲向浪涛翻滚的彼岸。

江上清风徐来，月明星稀之夜，谁人一手举着诗意的火把，一手细细摩挲崖壁上的碑文？硝烟熏染过的文字渐渐有了生机，风雅弥漫整座江岸。

当年的一场战争，究竟是为了成就一个地方，还是慰藉远道而来的失意者？三国风云被远远抛在身后，赤壁无暇作答。

一江渔火闪烁不定，慑于苏学士的威名，至今无人应声。

华容道

小道崎岖难行，人心更为坎坷。

穷途末路，莫如坦诚相见。目光与目光交流，心灵与心灵沟通，三军驻足不前，青龙偃月刀掉落马下。

刀枪林立，战马嘶鸣，仁义如入无人之境，条条大路通往许都大本营。

是了，人心都是肉长的，柔软的往往是最有效的，关键时刻祭出的秘密武器，一击即中。

谁掌握了人心，谁就稳稳操控了天下。

人心，才是光明大道，大道至简。

情感需要滋润，细火慢火急不得，阿瞒像一位耐心的烹饪大师，小心侍弄着火候。

天将微明，行将启程，手中的枯枝轻轻一拨拉，蓬松的柴火"呼"地蹿了起来，关云长过五关斩六将，一路绝尘而去。

因果之事明了，三十六计，计计指向成败得失，孟德谋的是人心。

回头望了望，背后的山林渐渐远了，马背上的奸雄忽然抚掌而笑，猛抽马鞭快速离去。

铜雀台

血雨腥风中透出一丝光亮。

蛰伏于战争背后的情感苏醒了，仿佛春天枝头的小鸟，叽叽喳喳叫个不停，内心柔软的情愫泛滥开来，哗哗流淌成一条大江。

伊人在水一方，轻歌曼舞，月中嫦娥长发飘逸，回眸莞尔一笑……奈何天堑阻隔，滔滔江水不识风流。

连环战船铺就通往江东的坦途，对岸突地一把大火，烧出个三国鼎立的新局面。

远在千里之外的铜雀台，分明听到"咔嚓、咔嚓"的断裂声，还有高可及天的雄心，一起倾颓了。

月光下，楼阁的倒影斑驳错杂，秋风击打门环，空无一人的大殿更加寂静，何方传出幽幽叹息之声，像秋蝉的嘶鸣断断续续。

雕梁画栋的建筑美则美矣，终究没等到女主人的光临，大乔小乔不来，曹丞相的千古功业也荒废了。

揽镜自照，陡见两鬓飞霜，自嘲不过是末世的一种慰藉，奇特的文学想象罢了。

甘露寺

清静无为之地，风云角逐的场所。

心迹已明口难开，真相披着含情脉脉的面纱，开场锣一响，各种角色纷纷登台亮相。

密室之中杀气腾腾，阴谋端上桌面喜庆吉祥，孙刘联姻，聘礼心知肚明，宴席之上热热闹闹，绝口不提"荆州"二字。

实则实之，虚则虚之，层层叠叠的心思，掩于幕后重重帷帐之中。

险滩易过，情关难闯，古老的计谋常用常新，既是强者大度的恩赐，也是弱者反败为胜的不二法宝，锦囊妙计救得了江山社稷，解救不了根深蒂固的人性。

龙盘虎踞的建业，好大的一块试金石！

大江流日夜，山川形胜缀花枝，北固山上的枫叶红了，半山腰的湖光水色逶迤退去，重重殿宇如获新生，甘露寺彩霞满天。

半生浴血厮杀，温柔之乡又当如何？英雄含笑问美人，一腔豪情知何处，一叶轻舟长江逐浪。

白帝城

黑云压城城欲摧。

雾气弥漫，惊涛拍岸，城郭立于危崖之上，国势如羸弱的躯体日渐沉重，病榻上除了垂垂老者，还有摇摇欲坠的蜀汉政权。

大块大块的淤血，像黑色的火焰连成一片，触目惊心。桃园已败，春光已远，是时候了，该与风云往事作别了！

其情也殷，其状也哀，相顾默默无言。不见刀光剑影宫廷喋血，借助哗哗流淌的眼泪，君臣顺利完成了政权的交接，成都固若金汤。

三峡湍急的江水，轰响着越过了最险峻处，平静地流入下游的湖泊，蓝汪汪的水面如铜镜，映照徘徊的云影天光。

不！那是世相人心，纯净得没有一丝杂质。沉淀于湖底的，分明是厚重的春秋大义，更是跨越千古的一段佳话。

走的走了，一身轻松毫无挂碍；接的接了，千钧重担集于一身。扶不起的阿斗，到底枉费了君臣的一番苦心。

空城计

心事付与瑶琴，丝竹之音悦耳。

八阵图，石头阵，随便一摆鬼神愁，东风弹奏琴弦，指尖暗藏百万雄兵，怎能说是一座空城？

杀气潜藏于垛口，护城河亦闪着寒光。战马高高跃起，复又惊疑落地，无非杀戮方式的区别，头顶始终利剑高悬，还是小心为妙。

只有空的心，没有空的城。

琴调变化万端，一会搅起春水初生的喜悦，一会滋长冰封千里的落寞，夏花绚烂，转眼秋叶凋零。

沉浸于四时的变幻与人生的感悟，暂时忘却军机，尽情地聆听自然的教诲吧。

终日忙于征战厮杀，这样惬意的日子何曾有过？来来来，难得如此空闲，以琴会友，灵魂定要深度对视一番。

一曲未了，为何要匆匆离去？你我贵为知音，正宜心平气和交流切磋，山谷清静之地，为何搅起满天烟尘？

追之犹恐不及！

空城计，战场之外不言兵，诚心相邀，谈谈彼此心念的契合。

五丈原

烛火迎风摇曳了几下，终于与星光一起暗淡下去。

帐外秋风正紧，像战马的嘶鸣，似呜咽的号角，又如老人高一声低一声的咳嗽，细一听，雪落长河遽然无声。

六出祁山壮志未酬，身心俱已疲惫，只是，不应该以这样的方式，倒在风雨飘摇的前夜。

先帝都放弃了，先生何必苦苦支撑？直至客死他乡，使五丈原成为感时忧伤的代名词，便宜了一代代词人墨客，千古吟咏不绝。

眼不见心不烦，其实这何尝不是一种幸运？赢得生前身后名，这就足够了，非谋略心力不逮，大势使然。

三分天下，分久必合，偏偏还不甘心，还在执着运筹《隆中对》最后的章节……智慧之光熄灭了，羸弱的身躯猝然倒下，立时压垮了整个蜀汉政权。

象征不在，柱石崩塌，三国时代的大幕轰然落下。

凤凰山

一

殿堂层层叠叠,从山腰一直延伸到山巅。白云生处,群峰昂首傲立,千里绿野伸展矫健的双翼。

潜龙入渊,凤舞灵山,黄老之术郁郁葱葱。大汉的荣光照彻朝阳观,两千多年的辉煌洒满庭院,铺陈一地天光,山间紫气袅袅升腾。

凤凰山与西汉水脉脉相对,山作琴,水为弦,清风明月弹奏亘古的情感。拱手,作揖,叩拜,戏台上的剧本万变不离其宗,道德文章万世不衰。

梧桐伸展繁密的枝丫,大唐化身金色的凤凰,鸣叫婉转嘹亮,空灵千里,宛若一声号令,百鸟从四面八方飞来,山谷庙宇瞬间钟声齐鸣。

二

道可道,非常道,天地轮回,周而复始,大自然方为万古宗师。

大柳河畔,丹凤朝阳,回溯千年时光,一窥道家幽微玄妙之处。

汉唐的余韵肆意流淌，而经书典籍里的道观，则被一树蝉鸣拉回到现实。山神开道，王灵官执鞭，山岚翠柏红花一泓清幽，随着山势蜿蜒向前。

晨曦被庙会唤醒，熙熙攘攘的人间，到底需要一块精神的领地。神鸟牵引、升腾、飞翔，周身遍布吉祥的光芒，神仙遥不可见，锣鼓一阵紧似一阵，蓦然心有所感。

那从重重雾霭中现身的殿宇，是否带有前世的记忆，是历史缥缈的云烟，还是凤凰不朽的传奇？

岷郡山

一

　　一段宋金和议的往事随风飘荡,岷郡山不改旧时样貌,依旧铁骨铮铮。

　　惯性的力量实在过于强大,任你金口玉言又能如何?民间提供了足够的心理支撑,在一个风雨飘摇的年代,这就是正义与真理的化身。

　　自古兵家必争之地,原野一片苍翠,昔日对手今何在?自然生生不息,良善与真知蓬蓬勃勃。

　　何须注目远方执意叩问?一片绿油油的麦田,越过王朝兴亡的边界,专注黎民生存与发展之道。

　　古柏森森雄狮威严,巨槐伸出千万条手臂,缠绕着万家城郭,也护卫着萨真人祠。

　　立于山头之上,西风残阳里,鸟声十里传韵。独头岭往来北魏宋金,再也不感到孤单。

二

　　你们都来了吗?

白马将军挥舞银枪，从仇池国的传说中驰奔而来，王灵官怒目圆睁，手执双鞭惩凶除恶。

　　杏林春雨牌匾高悬，东西两殿神灵守护，萨真人正中端坐须弥席上，向人间洒下一片赤诚与慈悲！

　　悬壶志在救赎人心，平平淡淡更为长久，胜境羽化而登仙，变身无所不能的神祇，护佑一方山清水秀之地。

　　藤蔓缠绕其上，一束红彤彤暖光射入，碑文烈烈欲燃，纸灰宛如昏鸦，随风满地乱跑。

　　一代县令王鸣珂撰写碑记，也将自己的德政公布于世，刀刻斧凿不着一点痕迹。

　　唯有那凛冽的北风，翻腾起厚重的典籍，一遍遍复述岷郡山的陈年旧事。

香山

一

　　歇马殿气喘吁吁,到底追不上皈依者决绝的背影,梳妆楼铁树开花,春风里的妆容沉静而淡然。

　　大池、小池两水环绕,天梯八盘路直抵翠柏云海深处。大道,从来直击心灵,莲花台上一跃而下,穿越尘世的浮华,云雾一样升腾、翻卷。

　　心愿,盛放在芸芸众生前面,也悄悄跟在大千世界身后。喧哗的是阵阵松涛,猛烈卷起晨钟暮鼓,猝然举到高处,又重重摔下。

　　一缕目光扫视古今,青烟袅袅中,普化寺摆脱重重故事传说的围困,身背简单的行囊,从南北朝远行归来,真气郁积九层香炉,愈加慈眉善目。

二

　　半山腰攀援而上,但见万仞绝壁修炼台,世事纷纭各西东,舍身崖凤凰涅槃,法身至此无处不在。

　　七彩祥云托起大殿,前世与来世可有今生的约定?慧根生发智慧，普度众生之前，首先度化险厄，不受千般涅槃苦，哪得妙善千手观音相？

被一汪清泉涌出，在万竿竹影里摇曳，更是与漫山遍野的鸟鸣双双归于沉寂。抚琴一曲，长啸山林，场景衬托到如此这般，菩萨似乎也该露出真容了。

没有比香火更贴近人间的气息，也没有比芝兰更钟情幽谷的挚爱，心头一缕馨香，春天是永恒的念想与期盼。

香山，定格在人心向善的季节。

新路颂

一

夕阳西下，余晖灿然，双石寺早已不知所踪，只有修建佛寺时留下的方形木桩，还在诉说着当年的盛况。

我太守兮化融……越水登山兮辟新路……千秋万岁兮奉扬德音。

二百多字的《新路颂》铭文，镌刻当年筑路的艰辛与卓绝，也将太守赵承的形象嵌入其中。楷书方方正正，散落为山头上的块块梯田，书写着秋日永恒的期盼。

回转身，走进开元盛世，走进花团锦簇的大唐，铿然一首《秦王破阵乐》，坦途关跨越千年的梦想，古书典籍里猛然现身。

知否，知否？应是满面尘灰不识。

雄关险隘起承转合，一个鼎盛时期的王朝阔步走来，器宇轩昂、脚下虎虎生风。

二

扼山川形胜，通四方商贸，茶马古道与丝绸之路穿山而过,马帮的铃声响彻山谷,崇山峻岭变坦途,得陇复望蜀。

黄昏,残碑,落日,秋风吹不散凭吊的意绪,悠悠时光跃动多少风华?

唐代旧路不复见,一代代先贤筚路蓝缕,辟出时代的新路。阵阵松涛回响,宛如筑路者殷殷心语,溪水潺潺流淌,荡涤一身的尘埃,芦花悄然飘落肩上。

摩崖石刻一左一右,犹如两个耄耋老人,拄杖相携走出家门,立于路口,目送时代的列车疾驰而过,侧耳聆听大山深处悠长的回音。

千年的传承生生不息,心头蓦然升腾起火热的激情与憧憬。

隍城

一

遗址之上，半截城墙孤零零立于荒野，任凭风吹雨打，再也不发一言，仿若老僧打坐入定。

该说的都说尽了，又或者，比起活生生的历史，语言本身就是苍白无力的，莫如听风，听雨，听雪落陇原的浅斟低唱。

墙头光秃秃的，几株枯草在风中摇曳，状如吴玠乱蓬蓬的须发。北宋王室惴惴躲于身后，城下金鼓齐鸣，金军铁骑黑云一样滚过，神臂弓万箭齐发。

光影闪烁迷离，蒙古大军又狂啸而来，一介文弱书生的魂魄透过云层，放射出万道霞光。

登楼望阙，满门忠烈，陈寅凛然端坐忠烈侯寺，化身西和县民间守护神——城隍，日夜凝望着脚下这方水土，山门绿意葱茏，长亭鲜花怒放。

二

上元时节，南关老龙轻盈舞动起来了，一年的祥瑞就在福神庙降临。

当烽烟散尽，春天不再是一种奢望，陈公已然成为美好的同义语，演绎升华为神圣的图腾。

一人，尽享一寺一庙一城，万众归心，夫复何求？

秋风又起，残阳复落，隍城从梦境醒来，悲欢离合的场景亦真亦幻。十二连城，一半毁于战火，一半败于时光。

而碧血西城那千秋不变的忠贞之心，数百年如一日，高傲地飞翔在西和的上空，如雄鹰高歌，似杜鹃啼血，响彻巍峨的群山与苍茫的大地。

老县衙

一

　　流水逐落花,夜雨梧桐秋,长恨春归无觅处,凛凛严冬复又至。

　　狻猊、獬豸昂首向天,天地间一双小手轻柔地抚摸着,若梵音注入心底,似小溪流过草地,狰狞的面目顿时柔和了许多。

　　麻雀一动不动立于檐角,遥想久远的心事,似泥塑木雕般。大殿房顶上的枯草迎风摇曳,它在舞蹈,亦在欢呼,干涸的心田仿佛得到滋润,一缕春天的情思破土而出。

　　三重庭院,粉墙黛瓦,几株青松护卫着古典的时光,时而抬头与天公对话,时而自言自语,临空洒落几许絮语。

　　穿过三重门的风呼啸而过,卷起一段段陈年往事,随六角形的雪花在老县衙翻腾、飞舞、喧嚣。

二

　　炉火熊熊,外面的雪花飘得正急。

　　阁楼上的文书不再沉默,睁开惺忪的睡眼,伸了伸懒腰,烧上一壶罐罐茶,旁若无人自斟自饮,尘封的记忆遍尝人情冷暖。

暮色中微光点点,光秃秃的枝丫,厚厚的城墙遗址,随风摇曳的大红灯笼,因了雪的缘故,瞬间具有了某种不可言传的神性。

洁白的精灵簌簌而下,它们在用彼此听得懂的语言,谈起诗词歌赋,纵论王朝兴亡,然后心有灵犀地对视一眼,一齐进入禅宗的意境,再也不发一言。

也许,静寂就是最好的交流方式:意会,通灵。何处传来悠扬的笛音,阵阵蜡梅的清香袭来。

西和会议纪念馆

一

悦湖广场静悄悄地,似乎在倾听着什么。阵阵鸟鸣从四面八方涌出,啁啾着七十多年前的往事。

开国大典的隆隆礼炮,奠定了画卷绚丽的色彩,随无线电波激荡于西和上空的,还有春暖花开的远景与憧憬。蓝天与阴霾同在,黑白之间的搏杀动人心魄。

炉火尚温,茶香还在袅袅升腾,七天七夜,一百二十多双眼睛,洞穿历史的迷雾,初现锦绣陇南的轮廓,只需用手轻轻一推,门就开了。

笔下惊雷滚滚,明天更为期待,叶家阳坡几间茅草屋,猛然化作一支杠杆,撬动大西南黎明的支点。

从此,猎猎长风浩浩荡荡,狂飙席卷整个陇原大地。

二

时光最是神奇,无形胜有形。

墙角的手摇电话沉寂了多少年,至今深藏龙虎风云气象;唱片机指针停留的年代,红红火火的激情丝毫不减当年;收音机里激昂清亮的嗓音,传送着一个时代生机勃勃的秘密。

你可知,当理想挽起信念的手,将会产生何等磅礴的伟力?对对山十三勇士可以作证!

而今,长征沿途播撒的火种,如怒涛排壑一般爆发,收获的季节终于如愿到来!

漾水西流,旭日东升,西和会议从农家院落走出,整体搬进了纪念馆,青山绿水间愈加挺拔不群。想必,一种别样的绽放更为壮观。

晚霞湖

一

芦苇裁边,荷叶作裙,青山铸骨,晚霞为魂。

仇池山歌高亢婉转,织女立于湖畔之滨,盈盈一水间,望穿一湖霞光,相思飞上脸颊。

门对清清波,风景树摇曳,秦汉风格的民房依水而建,掩映在陇上江南的梦里,假山绕湖一周,一池清香几近可闻。

湖上人家摇着桨橹,慢慢悠悠荡进藕花深处,一头扎入唐诗宋词的意境,几只水鸭扑棱棱飞起,直直冲向天际。

宽大的荷叶遮住了夏天的暑热,蓬勃的生机涌动生命的渴望,老虎口瀑布飞珠溅玉。

二

落日,挽住仲夏款款而来,不需要过多的渲染,就为情感的抒发做了最为充分的铺垫。

青山隐退了,湖心浮动蛋黄般的色泽。夕阳,小舟,船上的人,笼罩在一片橘红的余晖里,通身遍布耀眼的光芒，国画与油画悄无声息进行着转换。

一群白鹭迎着夕阳飘飞，飞过报国寺的塔尖，慢慢消融在玫瑰色的天际，落入凝望的眼眸。

何处传来悠扬的钟声？穿过绚丽的夕照，飘荡在缥缈的湖面，散发着粼粼的波光，层层涟漪卷起又落下，黄昏轻轻弹奏着一曲《渔舟唱晚》。

春倌说春

一

脚步还是那么轻盈，神采还是那么飞扬。

报春的使者立在门外，急急叩响千家万户的门环，古老的习俗与希冀同沐朝晖，太阳雨飘飘洒洒，千年的信仰金光护体。

浑厚的嗓音从上古飘来，隐含神性的预言，春风里的吟诵悠长而轻柔，状如湖岸初春的柳丝，摇曳着无限的生机与活力。

风调雨顺乾坤大，五谷丰登日月长，农家的祝福融入新春的意绪，接纳四季一切美好的词汇，蜜汁一样缓缓流淌着。

二

与春天同在，与幸福生活紧密相连，咿咿呀呀说唱声里，铺展开一年的收成与祈盼。花期藏在岁末的蓓蕾，希望与憧憬含苞待放。

大红灯笼高高挂，质朴的情感诉与春贴，赋予二十四节气神圣与庄严，彼此心有灵犀，五彩春牛守护农家红红火火的日子。

乡野旧事年年常新，农耕文明展开一幅原始的画卷，朵朵盛开的桃花，红艳艳开在山乡的心上。好一朵绚丽的艺术之花：美丽又芬芳，雍容而华贵！

西和麻纸

一

天然之美，自然之美，原始之美。

千年寿纸，要的是生动传神，运笔如飞，人世间万紫千红，青烟袅袅古韵悠悠，谁在中堂安然端坐？

七十二道工艺，七十二般变化。

水火相容，讲究自然造化之功，动静皆宜，俱在心心念念之间。

一片片秦砖汉瓦叠加，一页页发黄的史书诉说往昔，不变中有变，变中又有不变，两千年的历史纷纭复杂，却也简单明了，尺寸之间深藏破译的密码。

时光，看似斑驳陆离，却又柔韧细滑。

二

沿着麻纸筋骨脉络的走向，抵达心灵的渡口，掬一口中华文明的源头活水，它是有灵魂的，更是有着鲜活记忆的。

恍惚间，来到了强盛的大汉王朝，长乐宫的钟声和市井的嘈杂声混合在一起；猛一转身，置身于花团锦簇的盛唐，长安绽放在雍容华贵的牡丹花丛。

再循声望去，分明是北宋的东京汴梁，感觉自己就在熙熙攘攘的《清明上河图》里，独自体味人间烟火的真谛……

究竟要穿越多少历史烟云，才能领略西和麻纸的风采？

两山夹峙，大河奔流，飘飘洒洒的秦风陇韵啊，就在朱刘河村的枸树枝头傲然绽放，徐徐落在远方寻梦人的睫毛上。

第二辑

陇原回声

冰封的心事次第复活,谁在春风里深情问候?

尖山寺

谁，寻来一把通天的礼器，尖山把苍茫的心事交与神明，晨钟暮鼓，轻烟袅袅，通天观侧耳聆听。

荒草淹没了山间小径，花草树木沾染上青铜的气息，散发着白玉般清幽的光波，飘忽的身影倏尔闪现，那可是曾经广阔的牧场？

秦人挥舞鞭子，放牧着成群的牛羊马匹，也放牧着大秦帝国的未来。

在尖山寺，你须得竖起耳朵：辨别蝴蝶、蜜蜂与花朵之间的低语，谛听秦人站立山巅的豪迈宣言，细数社火曲里悲欢离合的家国往事。

心曲低回，思绪婉转，青鸟绕林间纷飞，峰峦蜿蜒盘旋如一条游龙。

在尖山寺，你更得学会隐身：隐于蓝天白云，遁于花海草丛，潜入中原与氐人之中，使自己消弭于无形。

之后放逐、游历，学会谦恭，时刻保持仰望的姿态，方能与太史公对话，探究龙兴之地的无穷奥秘。

大雾弥漫开来，遮掩了秦国偌大个疆域。

花开花落，云层低垂，世间的政权沉沉浮浮，一个王朝扎根尖山，大一统的种子开始萌发，悄然抽出嫩芽。

尖山寺放下身段，行人拾级而上。

春秋在前，战国在后，半部中国通史就在头顶——高悬！

鸡峰山

一

团团云雾闪展腾挪,合纵连横钩心斗角,俯瞰鸡峰云海,犹如置身浩渺的时空,一部春秋战国的大戏走向尾声。

战国七雄今何在?且看中华秦皇第一山。

雄鸡一唱天下白,一个崭新的王朝横空出世,环顾宇内,大步跨出咸阳城,丈量江山社稷,也忖度千古人心的走向。鸡峰山傲然挺立,展露吞吐天地的豪气与自信。

山水渴望传奇,只需撒下一粒种子,就能开出绚丽的花朵。铁血袒露心迹,短暂亦是永恒,依稀可见秦时的明月,朗照山石松竹。

思绪悠长,感念悠长,唐王殿檐角的风铃声清脆悦耳,儒释道三教和谐共生。

二

一束红绸映照人间清梦,万丈红尘挥洒处,盈盈一笑,千古英雄知何处?神仙台上空空如也,清风明月更为久长。

分明,那是汉魏袅袅的余音,唐宋不变的遗风,未曾散尽,细嗅之下更觉芳香。

一首《云水禅心》林泉呼应,陇上峨眉羽化登仙,而松涛,自二梁子升腾,于二字殿汇合,峒洛峰飒飒响成一片。

是气势磅礴的英雄史诗,还是婉转低沉的吟唱?时光执着地追问,心思藏于普贤殿莲花宝座,一不小心,光祥寺遗址上的碑刻泄露了行踪,何处的箫声悄然响起?

雄险奇秀,层峦叠嶂,人间仙苑现出真容,金色的凤凰翩然而至。

盐官古镇

一

盐，大一统的种子。

卤水浇灌盐土，大火日夜煎制，非子牧马的传奇袅袅升腾，盐官取代了昔日的卤城，战马嘶鸣，光影跳跃，山东六国在盐粒里迅速萎缩。

盐，掌控天下的利器。

舔尝一口卤水，古镇在秦帝国激昂的宣言中醒来，赳赳老秦告别故土家园，东进关中横扫八荒，从此开始了伟大的铁血征程。

青烟弥漫整个平川，陶器、铁锅穿越时空，盐井祠并不孤单，轻嗅一缕商业重镇的气息，悠悠魂魄飘进盐神庙会，一年一度春风里尽情放歌，演绎一出荡气回肠的秦腔大戏。

二

秦人的家园富庶繁华，绽放汉代经济思想的光华，诸葛丞相木门道巧设伏兵，诗圣咏叹盐工劳苦的诗句艰难爬上井口……

  一口先秦时期的盐井，浮动着秦汉、三国、大唐兴衰的影像，辘轳缓缓摇动，波纹粼粼扩散，瞬间传至大江南北长城内外。

  盐官镇保留着最初的记忆，那些不为人知的往事，此刻，就藏在关帝庙、钟楼寺，藏在古街的上下窝、郑记骡马店里，一个会意的眼神，定可打开房门飞奔而来。

  凝视四四方方盐的雕塑，放飞两千年的思绪，广场吹来秦汉的风，何妨在此歇息片刻，邀约脚下这片土地，进行一场古今兴衰的对话。

秦直道怀古

一

荒草秋风斜阳，胡笳烽烟牛羊。

黄昏，立于旷野之上，秦直道如一支利箭射向远方，弓弦响处，始皇帝来不及细看，万丈雄心消失于苍茫的时空。

身后，拖曳着公子扶苏和大将蒙恬长长的影子，映在沙土砾石之上。

深秋，唯有那一声沉重的叹息，摇落一树树的黄叶，给大一统封建王朝罩上一层悲凉的色彩。

之字形盘山道徐徐吐露心曲，纵使繁盛一时，命运又何曾眷顾半点？到头来，还不是靠几件出土文物撑起门面，供后人唏嘘与点评。

雄才大略的汉武帝极目远眺，王昭君和亲的队伍缓缓走来，文姬归汉的马车急急驶过，五胡兵马呼哨着狂啸而去，天纵神武的唐太宗立于山巅眺望……

风云萦绕在秦直道上空，纷纷聚拢又袅袅飘散。

二

嘈杂的声响过后，古道重新归于沉寂，豪情壮志被时光和荒草淹没，几行深深浅浅的马蹄印，逶迤着排列成编年史的模样，扫视着来来往往的过客。

天高云淡，且看塞上大漠边关落日之壮丽；丛莽荆棘，足可安顿下金戈铁马的峥嵘岁月。

自古兴废不由人，冥冥之中早有安排，秦直道最终以豁达的心胸接纳了过往。

朝与汉唐独语，夕与魏晋凝望，宋元明清隐藏其间，一手挽起农耕民族与游牧部落广袤的疆域，再也不肯松开。

秦直道蜿蜒曲折，状如百折千回之人心。家国旧事层层堆砌，夜深了，一两声蛐蛐的鸣叫，盖过了荒野如雷的鼾声。

秦文化博物馆

一

玄鸟高翔，一飞冲天。

梦境越来越近，灵魂比天空更为高远，乘风遨游于无边无际的神秘世界。

石磬敲打出周礼乐音，青铜编钟奏响先秦一路西行的艰辛；圆形玉璧——西垂陵园的宠儿，浑然沉醉在神灵的意境中不可自拔，不觉周身透明，幽暗的角落闪现璀璨的光华。

非子牧马，襄公立国，三百年的光阴深埋地底，对面的圆顶山浮起团团祥云。

渭水东流，铜虎回头，秦公鼎重见天日，那一座被黄土覆盖的家园，豁然打开一扇窗口，密码就藏在精美的瓦棱纹里。

二

一组青铜鱼游来了，又一辆青铜四轮马车驶来了，青铜熔铸了秦人的厚重与沉稳，亦将九鼎的秘密透露于世。

暗褐色的纹饰像一层层波浪，又似一重重关山，山那边的诱惑激发万丈雄心。萦绕着神话传说的故土，注定还要创造新的传奇。机遇，亦是宿命。

寒蝉两三里，悠远神秘的气息从大堡子山传来。祭台上的巫师沟通天地人三界，战争的号角呜呜吹响，秦军战车纵横驰骋，礼乐的光芒暗了，淡了。

以沉静回应现世的目光，千万双眼睛轻柔地滑过，地下军团从展馆铿锵走来。

凿空西域

一

目光在目光之外，千山在千山尽头。

思绪跨越经史子集，驰骋大汉广袤的疆域，褴褛的衣衫如怒放的青春，一路撕扯向前，隐匿的驼铃喉咙嘶哑，悄声告知一个苍白的答案。

而梦境却是高远的蓝天，万古长空，胡天汉地森严的壁垒消于无形。雄鹰飞上云头，自由自在地翱翔，中原远在千里之外，一条横贯东西的大动脉近在眼前。

关山迢迢，长路漫漫，热血与肝胆铺路，合纵与连横之术退居幕后。熙熙攘攘的嘈杂声中，大月氏、乌孙、安息、于阗从史书外走来，只是那么一闪，俏丽的面容惊艳了两千年的时光。

铁血贯通的河西走廊，蜿蜒，伸展，触碰，相融……盘古开天辟地，三皇五帝的传说也不曾到过的地方，蓦然升腾起信念的火焰，如诗，如歌，照亮东西方磅礴的黎明。

二

西出阳关，重入玉门，种子，何处不能发芽？和平，随时随地生长。

商旅驼队追随夕阳的光环,烈烈呼啸的风中,征战厮杀的号角已然远去,河西四郡回眸一笑,大漠雄关瞬间有了梨花春雨的味道。

忽如一夜东风,苜蓿、葡萄、石榴的幼芽破土而出,十三年的隐忍与期待,在这一刻绽放。崭新的名字,宣告一个崭新时代的到来。

帝国的血脉深入腹地,浇灌了后世壮美的边塞诗篇——平仄对仗,热血豪情,亮闪闪垂挂在大西北的天幕,俨然一道严密的屏障,日夜守护着华夏的安宁与祥和。

风尘迷雾骤起,黄沙重新将往事掩埋。太史公挥一挥衣袖,史书徐徐展开,腾起的烟尘中,博望侯张骞策马扬鞭,从西域急急奔来。

扬起的手臂,是雄浑的万里关山,落下的瞬间,扑面绚丽的丝路花雨。

河西走廊

一

千年供奉的香火正盛,袅袅娜娜缭绕着胡旋舞的姿态,长安远了,西域近了,一匹汗血宝马迎面飞奔而来,瞬间消失在玫瑰色的天际。

马蹄声、驼铃声、斧凿声、诵经声,重重叠叠回响在古道隘口。芳草淹没天涯,丝绸抖落风华,六道轮回,涅槃重生,心灵开出绚丽的花朵。

辉煌抚慰典籍,荒凉滋养万古。

边关的归雁排成一字形,僧侣使者、文人墨客,以及往返丝路的粟特、波斯、大食商人,络绎不绝行进在时光深处。

穹顶一束金光射入,模糊的影像重合了,回首之间,善男信女周身闪耀着圣洁的光芒,变幻出佛的万千容颜。

色即是空,空即是色。

一枝清荷在手,梵音敲击着汉唐魏晋的窗棂,像是急切的询问,又似深情的表白。

二

　　心有灵犀，何须顶礼叩首？抬望眼，彼此已是心领神会，万水千山走遍，一瞬胜过红尘幻影无数。

　　玄奘万里孤身西行，鸠摩罗什步出长安逍遥园，交错的时空九九归一，释迦牟尼拈花微笑，梦中的世界落英缤纷。

　　冷暖晨昏，漫天黄沙里，马蹄寺的晨钟暮鼓泠泠敲响。

　　西行遥远，柳莺婉转中，七彩丹霞唤醒万紫千红的春天。

　　晚霞如锦，沉思默想间，莫高窟又捧出一轮中天的圆月。

　　推开虚掩的门，穿过厚厚的帷幔，一枚悬泉置的竹简迎风而立，历史的回声混沌而清晰，豪放又婉约。

　　弦歌响处，清音悦耳，河西走廊上空吉祥云集，成群的和平鸽翩翩落下。

　　这一刻，肉身如梦初醒，禅心步步生莲，悠悠思念化为一条记忆的河流，水面飘荡着千年的白发和舞蹈，水下汹涌着滚烫的热血与劲歌。

天骄意气

一

两千年前的铁骑劲旅,狂飙突进一个美丽的传说,绿洲葱茏,酒泉飘香,大汉冲天的豪气一饮而尽。

香气弥漫于漠北草原,那是汉廷的春天,新锐冠军侯的意气,而另一个马背上的族群迅速沉沦,如沙漠里的水滴倏忽不见。

旌旗猎猎,战马嘶鸣,戈矛盖过烈日的光芒,一袭红袍挥剑西向,河西走廊犹如一枚熟透的果实,稳稳落入汉武大帝的手掌。

纵有千般味,此时一缕香。

秦时明月汉时关,那醉人的陈酿,不知发酵了多少年。那是汉军的血性,亦是三军威武的柔情,刀光剑影之中,从来不乏浪漫的想象。

二

意境不可或缺。

须有茂密的青草,一大片叫不上名字的花儿,星星点点缀满河滩，当然更少不了几只翩翩飞舞的彩蝶，这是画龙点睛的一笔。

铁血征伐未了，何不停下来痛饮一番？春光正好，生机勃发，酒壮英雄胆，横扫祁连山，向前，向前，向前！

时光变淡了，酒香袅袅飘散，梦中流淌着一条河，民族的魂魄悠然徜徉。月满西楼，归雁排成一字形，大唐重回边塞寻找，两宋在歌舞中怀想。

循着那亘古的诱惑，我来到酒泉，走进豪情万丈的西汉王朝，一脚踏进骠骑将军预设的情境，不觉血脉偾张，未饮先醉。

马踏飞燕

一

迅如闪电，疾如飓风，怎一个"快"字了得？

鬃毛猎猎飞扬，四足腾空而起，飞燕来不及尖叫，想象填补刹那间的惊愕，瞬间成就永恒。

马蹄得得，金鼓大作，草木倒伏，凛凛兵锋扫过草原，波浪状匍匐前行，尖刀直插单于心脏，腾腾烈焰犹如怒放的鲜花，一抹胭脂红黯然失色。

汉军威武，饮马瀚海，春暖花开的季节，怎能不酣畅淋漓大醉一场？

酒泉芳香四溢，御厨端上丰盛的大餐，一曲《出塞》铿锵激昂，激荡茫茫大漠戈壁。

二

大迂回，大追击，大歼灭，狂飙突进三千里，少年新锐横空出世。

铁骑往来纵横，匈奴祭天金人哀泣，谁人封狼居胥，王朝喜添河西四郡，大汉的声威春雷般炸响。

凝固的塑像，奔涌的热血，雕像屹立于展厅中央，它在追忆，亦在感念，啧啧惊叹声中昂首嘶鸣，任由激情淋漓飞扬。

　　动与静的协调，力与美的统一，艺术的夸张还原真实的场景，两千多年后彰显优雅的气质。

　　与美好结缘，和情怀同行，万水千山驰骋，铜奔马又踏上山河岁月又一段旅程。

丝路花雨

一

华夏一朝分娩,丝绸之路呱呱坠地。她有着丝绸的容颜,丝绸的质地,丝绸的润滑,丝绸的芬芳。

东西方文明交汇之地,商贾退居一隅,仰望艺术的星空,一场洋洋洒洒的花雨从天而降。

那一场旷古未有的奇观啊,有盛世大唐的牡丹,陶渊明笔下的松菊,羌笛滑落的梅花音符,更有须弥座上的莲花。

悠扬的佛号声中,敦煌的飞天衣袂飘飘,古道灿然生辉。

跳跃着灵动的意象,带着梦想和憧憬上路,一些中原和西域的词汇顿然活跃起来。

缠绕的藤蔓沿着秦时的明月攀爬,窈窕的身姿时隐时现,汉时的春风指认归途,阳关和玉门关畅行无阻。

二

夕阳西下,驼铃声中,天边缩小为一粒粒沙砾,几只骆驼踽踽而行，玫瑰色的微光暖意融融，汇聚了又四散迸射，印象派的表现手法信手拈来。

分明是一条洋溢青春活力的大道，两千年时光不散，楼兰新娘载歌载舞。

一抹晚霞夕照，海市蜃楼临空，不见鸿雁驼队与信使，往事猛然跃起又重重跌落，一晃，怎么突然就老了呢？

谁，试金石一样的手指划过王朝西部的疆域，划过李希霍芬神性的语言，磅礴泪水流淌着岁月的河流，丝绸古道在满天星光里入梦。

以丝绸命名一条商路，需要多么奇特的想象力、浪漫的情怀以及高度的概括力？勇气和胆识更是不可或缺。

李广墓

一柱擎天,护卫着身后圆形的坟茔;墓草青青,摇曳着无边的荒凉和寂寞。

松柏挺立成汉时的模样,石马侧耳聆听阴山边境的号角,似要一跃而起。将军端坐庙堂之上,目如紫电,右手按剑,凛凛沉吟不语。

一箭穿匈奴,石虎添佳话,名满天下易,封侯登天难。

时人以世俗的眼光忖度功名,又以敦厚的心态予以匡正,供奉,上香,叩拜……侯爵万万千,几人享此殊荣?何其幸也!

西园的荒草自然生长、枯萎,一截断崖裸露颓败,宛若国画留白。其实无须点缀,蜂飞蝶舞花间,清风明月自会来。

英魂融入季候,之后散而为气,一盔一甲一靴,全凭心灵感知,身影消弭于无形,天地英雄气扑面而来。

人心无法雕琢,民意顺着狭窄的通道流出,百转千回奔腾入海。那海,是千秋的史书,是万世的良知。

汉家天子重边事,奈何百战黯然归?人心难测,心机远比战争复杂，幸太史公秉笔直言，耿耿心迹昭示天下，感念苍生一片赤诚。

  一角的凌霄花偷偷攀上墙头，一窥龙城飞将的尊容。

七彩丹霞

赤橙黄绿青蓝紫,谁持彩练当空舞?

八声甘州声声慢,晓风残月丹青着色,一千年后,柳永的文风变得生动、热烈起来,明艳的色泽遍布山川,明晃晃金灿灿一片。

是窈窕淑女的妆容,也是七彩虹霓的身姿,丽日当空,玉人盛装出行,桃花粉面婀娜多姿,一路走来摇曳生姿。

巧笑倩兮,密密麻麻的太阳雨迸射开来,炫动的灵魂追逐一支时光的利箭,穿云裂帛铮然呼啸有声,激情在阳光下尽情释放,飞扬,飞扬,飞扬……

美目盼兮,流转的风吹动罗裳,炫起山川风物斑斓的色彩,大美河山将雄浑的西北唱腔揽在怀中,花蕊在烈日下爆开,突围,突围,突围……

热血凝固成红色的砾石,高温炙烤亿万年的思绪,风化剥离,流水侵蚀,每一种大显于世的惊艳,都有着极度的渴望和不为人知的疼痛。

成群的蝴蝶撞进彩虹谷,飞着飞着就迷路了,矢车菊附耳低语,旋即被一种无形的力量牵引着,飘飞,隐遁……

悄无声息，消弭于无形，甜美的蜜汁如奶酪般芳香四溢。

激情、汗水、信仰、坚守，还有美不胜收的童话王国，已经发生或即将上演的梦境，此刻一股脑在盛夏绽放，不留一点点的空隙。

汉长城遗址

一

一根根白骨曝晒在烈日下,白花花地刺人眼目。

古老的城墙被风沙吹散,一节一节横亘在千里戈壁滩上,顶在朔风怒吼的咽喉,托住落日残阳的余晖。血肉,随风干的记忆遁入大漠深处。

中原王朝伸出坚实的臂膀,紧紧箍起一个四四方方的家园,遥远的时光犹如梦呓,日影西斜,驼铃远去,只把繁华旧梦留在原处,一点点生锈、腐蚀。

那梦,最初是有颜色的,慢慢就褪去了,苍白得如同晒干的沙砾。中原王朝不语,情节藏于千里之外的绿洲,等待来年芳草萋萋的季节,天边成群的牛羊过来唤醒。

不毛之地,未必一片荒漠。

二

先民的眼泪滴在厚厚的黄土层,挥发,消失,不留一丝痕迹。木制汉简——历史的见证,敕勒歌环绕着,风刮不走,雨淋不透,牢牢镌刻在商旅过客的心头。

故事从汉简里面走出，蜿蜒成裙裾的模样，幽幽越过胡地的边缘。美人长袖飘飘，翩翩舞动边塞风云，谁的豪情沾染胭脂，一曲出塞苍凉悲怆，龙泉宝剑纷纷滑回匣内。

趁着大战间隙的空当，就着这月白风清的良辰，一阕清词婉约如梦，谁人踉踉跄跄，灯火阑珊处不醉不归。

魂魄徘徊在长城遗址之上，附着在红柳的梢头，一声呼唤，不知来自汉唐还是宋明，隐隐约约听见什么应答。

武侯祠

一

岁月远去了,金戈铁马遁入群峰,武侯祠巍然屹立在祁山之巅,一角风云静默。

古柏森森的祠庙,迎来了《隆中对》,安放了《前后出师表》,却盛不下一个老臣耿耿赤诚之心。

六出祁山恨未消,千古功业一抹斜阳。

檐角的风铃摇响三国的记忆,青苔覆盖的皂角树偏居一隅,低头怀想着故蜀往事。

西汉水悠悠流淌,时光千折百回,两千年的英雄业绩浮于其上,时隐时现,闪闪烁烁。

盛夏的骄阳照在厚厚的城墙,光影斑驳陆离,孔明手摇羽扇,稳稳坐在城头,山下旌旗飘扬金鼓大作,蜀国大军的欢呼声响彻山谷。

二

猛一回头,祁山渐行渐远,谁人恋恋不舍望了最后一眼,黯然退回汉中?

那一声幽微的叹息，留给后世无尽的感怀。梆梆梆，咚咚咚，戏剧舞台正式开场，一代名相的心迹澄澈透明。

楹联工整，匾额庄严，黄鹂栖于檐顶，往来徘徊鸣叫，只待武侯魂兮归来。

游客三三两两，轻声细语，生怕惊扰了诸葛丞相。为先帝后主鞠躬尽瘁，一生操劳却无力回天，是该好好歇一歇了，空荡荡的四轮车欲说还休。

呱，呱，呱，一只乌鸦从枝头飞走了，不由悚然一惊。

黑水国遗址

一

古籍也会迷失方向,在茫茫戈壁走失。

小月氏国隐去了,西汉的铁骑风一样掠过,大唐的风华深埋地底,明代的城堡欲说还休……重合,分裂,嬗变,沉寂,一圈圈的年轮疯长,层层划定荒原四边的界限。

古堡、废墟、湖泊、草地……看起来杂乱无章,却又自成一体,以一种不为人知的方式排列成序。

繁华与落寞悄声低语,绿洲与荒漠之间艰难切换,那些痛彻心扉的隐痛,早被漫天的风沙一一抚平,而后随风滚草一起继续浪迹天涯。

残垣断壁西风几许?丝绸之路上的驼队终是难觅其踪。

二

黑水城消失了,和平抑或战乱,又或者是纯粹生态使然?

谜一样的话题劳神费力,眼不见为净,索性就地掩埋了吧。黑水国该是什么样就是什么样。

让翠绿的更加翠绿，荒芜的任其荒芜，消亡的继续消亡，生长的加倍生长，一切终将回归历史，回归生生不息的自然。

而历史，也是自然的一部分。

道道霞光喷射，云海翻腾着黑水滨的波浪，地上的黑水国从地底钻出，偶露一角峥嵘，立于煌煌半空之上，倾情演绎千年的风云，瑰丽而梦幻。

或许，只有在此时，风的流向才有了确切的含义。

背对夕阳沉思，再也载不动如山的往事，一只小鸟站在城堡之上，沉默而冷峻。

张掖会盟

一

冰雪消融，草木萌生，隋王朝从长安出发，浩浩荡荡赶赴一场盛会。

中原礼仪放下身段，铺展一地繁华锦绣，胡琴琵琶与羌笛齐鸣，丝竹管弦笙歌嘹亮。

华服美食簇拥，古玩珍奇点缀，张掖流光溢彩，万千宠爱集于一身。古城在春梦里沉醉，而后辗转反侧，再也找寻不到当初的心境。

一千四百年了，焉支山仍在痴痴回想。

月色朦胧的夜晚，记忆滑过缥缈的梦境，山谷雾霭冉冉升腾飘散，对面走来了杨广，二十七国商队也纷纷从山谷冒了出来，熙熙攘攘一如当年盛景，回首之间转瞬不见。

二

大业五年，一个大一统王朝惊艳登场。

裴矩的《西域图记》刚刚展开，丝路正在晕染着色，珍珠玛瑙夜明珠的光华还未消散，文治武功搭建的舞台缘何突然坍塌，淹没于滚滚黄沙之下，横竖听不见一丝声响。

骆驼城的青草绿了又黄，黄了又枯，肆虐的流沙追逐着昭武九姓，散落的土丘光影斑驳凌乱，会盟遗址化作天边一粒尘埃，风一吹便不知所踪。

万丈豪情隐于史书一角，见四下无人，一代帝王怯怯地探出头，环顾左右欲言又止。

依稀听见西凉的乐曲，恍若前隋的灰烬余光闪现。一场大雪以炀帝之名，飘飘洒洒漫无边际，截断所有的来路与归途，多少往事尽付衰草枯杨，秋风枯骨铮然有声。

阳关三叠

一

紫燕呢喃，乍暖还寒之际，马蹄急急叩响地面。

正是早春时节，细雨飘落柳丝，微风吹拂点点春愁，相思零落成泥。西去，西去，何须羌笛伴奏，杯酒足可回味。

京华春梦忆昨夜，小桥流水杳无踪。此一去，带走了料峭的寒意，也作别了春天蓬勃的生机，戈壁、黄沙、大漠、落日，从此天涯阻断归途。

一程复一程，凄凄又凄凄，自古长亭送别苦，纵然翠色柳如烟。

边陲苦寒，了无生机，那就折一条灞桥的柳枝相送吧。友情的绿洲不能没有婆娑的舞姿，春风十里杜鹃路，思念岂只在眉眼相望？

二

从江南到塞北，从青翠到苍凉，中间横亘着古老的关隘。

阳关——婉约与豪放的分界线。一抹残阳里，意绪也变得黯然,千山万水思绪萦绕,扯不断的离愁别恨丝丝缕缕,道不尽的悲欢离合层层叠叠。

城头鼓角悲鸣,料三更披衣坐起,一地清寒袭人。长夜寂寥,一唱三叹,空惹一腔愁思入眠,此情殷殷对谁言,且付明月托心事。

既然乡愁难解,那就不要想了,还是轻拨一曲江南的丝竹,举杯畅饮眼前的春光吧。杯中有三月的清新,杏花淡淡的香气。

带着家乡的味道上路,旅途一定不会孤单。

杜甫草堂

一

天地迷蒙一片，唰唰的雨声似由远而近的马蹄，击打着诗圣的心境，一千多年了，草堂仍在感受心灵的震颤，喘息之声犹然可闻。

总有一条隐秘的通道，维系古人与今人的对话。

对面凤凰山上，草木绿得惊心，大雨淋湿了飞翔的羽翼，盛唐再也不是光彩夺目的神话。天色混沌而幽暗，雷声闪电骤然而至。

青泥河的流水，带走了一个时代，同时又开创了一代诗风。远方的客人望了一眼水中的容颜，像，似乎又不像，轻轻摇了摇头，然后整了整衣冠，缓缓走向自家的茅屋。

身后，翠竹不胜风雨的侵袭，摇曳着起伏不定，大唐国运镶嵌于庭院两侧的杜诗碑林，任三三两两的行人指指点点。

二

背负苍生的诉求与热望，诗人端坐正殿。

屋檐下的雨水滴滴答答，犹如黎庶轻微的叹息。雨声渐急，细听，更似民间繁重的劳役，夹杂着时断时续的呻吟。塑像愁肠百结，面露悲戚之色。

浓雾笼罩大殿，像铺开一张硕大的宣纸。谁在挥笔疾书，时而凝思，时而望向殿外，心思融化了一团团墨迹……犀利的笔触划开一道道脓口，污血横流，唐帝国的身躯踉踉跄跄。

盛世华丽的外衣随风飘逝，狂欢的盛宴戛然而止。江山飘摇，雨又潇潇，杜甫吟哦着来自田间地头的疾苦，不觉泪流满面。

千年敦煌梦

一

像薄雾一样轻柔,如云锦一般绚烂。

千年的风沙掩埋了苍莽的气象,绝世的芳华映照着无边的荒凉,驼铃声摇曳着渺渺远去,纷飞的思绪追逐着寂寞斜阳。

一支羌笛在手,离人孤独地吹奏着五代隋唐。

丝绸装扮了敦煌华丽的梦,一任明艳的色彩流淌,明月照人,纤纤素手拨动天籁;佳人怀想,飘飘羽衣炫动霓裳。梵音淹没了戈壁的铁血豪情,佛拈指微笑,刹那霞光万丈。

大漠如烟,沙海叠浪,太阳雨纷纷扬扬从天而降,禅若白雪,笑靥如花,一千年的时光静静地绽放。

二

香火袅袅,莲花开张,西天的佛光把灵魂金灿灿晕染,烈焰燃烧十个太阳的光芒,激情虔诚地喷吐着爱恋的火舌,众生插上自由的翅膀尽情翱翔。

千年敦煌梦,盛妆为谁藏?

秋风吹不散浓浓的怅惘,黄昏隐没了五彩云霞。青花瓷"啪"的一声脆响,夕阳在黄沙中陡然坠落,像血,渗进红柳滋润了胡杨;枯枝若手,朔风中劲舞。

悠远的梦境情思绵长。

月圆之夜,谁种下一枚前世的因果?今生的轮回透着清亮亮的光,银白的月色一并丰盈润朗。

祥云飞渡,静夜花香,痴想你当年仪态万方的模样。

青藏高原

一

弦歌响起,如梦似幻,青藏高原接入塞上风云。

山体斑驳错杂,赭黑色的记忆每每惊现梦魇。敦厚的历史老人手拿画笔,立于中原与游牧民族的边界,端详忖度片刻,信手涂上一层青翠的苔衣,无边的绿意蔓延开来。

篝火燃起来了,映红格萨尔王的面庞,族人载歌载舞,信仰执着地定格、沉淀,深入骨髓和血液。

皎洁的月光下,石头与蘑菇拱出地面,排列成整齐的队列,侧耳聆听一部八千万字的史诗传奇,洁白的哈达自天而降,法号、锣鼓声激越。

西海郡王立于高山之巅,遥望草原上的车队,中原文化过了玉门关,被一只只神鹰接走,翱翔在万里云天。

二

清风,叩动门环,神祇,掀起门帘。

月照当楼,离情满腔,大唐的豪情掩饰不住流水的怅惘。袅袅思绪一如既往缓缓流淌,缠缠绵绵回眸竟要一千年。

从唐蕃古道的小径而来，荒草埋没足迹，循着酥油茶的奶香，跳跃的精灵回头张望，梦境越来越真实，而真实，距离梦境仅一步之遥。

思绪编织的情景正长，转过一道山梁忽然不见。那厚重如山的往事刚下心头，薄若蝉翼的年华振翅高翔；公主的笑靥浮现日月光华，终究还是抵御不了岁月的沧桑。

历史活在当下，现实存在于过去。

美丽的家园在前，精美的传奇在后，无边的回忆扑面而来。神性的青藏高原啊，究竟隐藏了多少深邃的话题？

美仁草原

一

谁，软玉般的手指，触动了格桑花的容颜？层层叠叠，姹紫嫣红，变幻出前世今生的因缘。

湛蓝的天，碧绿的地，五彩的经幡，万花筒般组合千百种，童话里的场景次第出现。美仁草原美得不动声色。

冰封的心事已然解冻，春风里的问候耳语呢喃，一千种风情云卷云舒，一万种结局花开花落。

未知的风铃，滑过蒲公英飘飞的思绪，轻轻落入心间，伴着灵魂战栗的脆响。

水墨渲染的景致，消融了夕阳远山，还有翩然纷飞的、大雁倦归的翅膀。

草原的宁静藏身牛角琴，犹如声声召唤，暮归的牛羊融入耀眼的佛光。

二

寂寞的花开在深夜，赤脚走在椭圆形的草甸，灵魂发出嘎巴嘎巴的脆响，夜光柔和地映照万物。

而你，就是那神秘的飞来石，在蓝色和绿色的交响曲里，斟满青稞美酒，谛听皇天后土亿万年亘古不变的心音，接受着美仁草原吉祥如意的祝福！

嘚嘚嘚，哒哒哒……一群白色的骏马由远而近，若天边的惊雷，不由分说闯入草原的视野。身后，大片大片的云层和牛羊涌了过来。

天地有多辽阔，心情就有多悠闲，一支草原的牧歌无声地响起：

柔软是它绸缎般的肌肤。
纯净是它清泉似的眼神。
雄浑是它敕勒歌的嗓音。
悠远是它亿万年的守望。

米拉日巴佛阁

一

长空如碧，桑烟袅袅，青松修炼成佛塔的模样，米拉日巴佛阁巍然耸立。

经幡翻飞，恰如信众心灵之舞蹈，佛号停靠在九层佛阁尖顶，被一群鸽子衔着飞走了。

六字真言附着在转经筒上，一圈圈循环往复，神鹰高空俯冲翱翔，引导着虔诚的灵魂，盘旋抵达天堂。

如春日紫燕的呢喃，融化在杨柳吐绿的梢头；似六月黄昏娇羞的睡莲，温婉地绽放。

如许飞天梦，花儿朵朵红，俨然佛国化境，米拉日巴佛阁深藏圣洁与宁静。

信仰之光闪耀穹顶，化身绚丽的唐卡，箭雨一般四散迸射，直直照在米拉日巴的额头，响彻贡保多杰的肺腑。

二

巴郎鼓、鹰笛、唢呐热辣辣登场了，古老的图腾闪展自如，反穿水獭皮袄，跳起了欢快的劝善法舞。

谁在天涯策马扬鞭，追逐头顶那一抹浅蓝？嘹亮的歌声回荡在原野深处，萦绕在卓玛心头，灵动的思绪与白鹤齐飞，神灵无处不在。

一双慧眼洞彻天地，因果报应屡试不爽，混沌的尘世红白相间，缥缥缈缈谁在纵情歌唱？昼短夜长，两鬓苍苍，春风里的渴望潜滋暗长，世相轮回为莲花座上千百样。

生生世世一个梦，来来往往都是客，甘南的夜空划过米拉日巴佛阁璀璨的光芒。

羚城

一

曾经,云朵是它美丽的霓裳,月华是它华贵的装饰,矢车菊是它娇美的容颜。

更不用说,雄鹰是它不羁的心志。

而今,几组羚羊的雕塑居高临下,深情凝望水草丰美的故园,细长的羊角尖利而突出,警惕的眼神四处张望。

岩石后面,怯怯地闪出几只小羊羔。

母爱有千百种表达方式,每一种都触及泪点,触及心底最柔软的部位,清新的是它青草般香甜的乳汁。

青稞、燕麦汹涌地起伏,狐兔与羚羊飞奔着出没,草原以她博大的胸怀,给大地披上绿色的屏障。

二

溪流淙淙,花香四溢,大自然永不疲倦地弹奏着梦幻的田园牧歌。

蝴蝶落于七彩弦上,芳香像金黄的太阳……徜徉在梦中的天堂,兴之所至,真想摸摸蓝天的额头。

归去来兮,归去来兮!

读懂了羚城,就洞悉了这方水土淳朴的民风,生生不息的生命传奇。由此,也就明了了万古不易的初心,顿悟大地母亲慷慨的赐予和慈悲的心怀。

羚城,原谅我,我以主观的想象诠释着你的名字,风吹草低见牛羊,跨上飞快的骏马,追逐着你秀美的长发,随风飘呀飘……

卧佛寺

一

世事何须萦怀，又何必自寻烦恼？

红尘之中是是非非，不过名利障目，江山社稷血泪隐痛，无非一家一姓兴衰存亡而已。看透了，也就释然了。

头枕祁连山，梦萦黑水河，高山大河紫气充盈，南国风韵亦是塞上江南。

人心变幻起起落落，释迦牟尼微微一笑，大殿之内何妨安然入睡，清风朗月入禅心。

佛法无边，《般若心经》与永乐《北藏》佛经口吐莲花。慈悲心为怀，姚氏僧尼本觉舍身护经，一年一度牡丹盛会，可是魂魄精诚所至？

深意，来不及细细解读。

二

忽必烈出生与宋恭帝出家的传说，隐匿于重重迷雾之中，猪八戒与张掖城扯不断理还乱的瓜葛，或许只有壁画说得清楚。

经书典籍点拨红尘，人间天上一念之隔。

暮色低垂，梵音清澈紫耳，佛祖垂下意义无限的慧目。藏经阁矗立于土塔之上，千年古刹双手合十，心灵隐语呼之欲出。

而那些关于卧佛寺的党项典故、深入人心的宝典故事，以及神秘的西夏文字，随着元明清王朝的更迭，迅速躲入佛寺一隅。

寂静无人时，与墙角的梅花一道，数九隆冬灿然开放，散发着阵阵人文的清香。

万象洞

一

鸿蒙初开,万象齐备。

玉柱擎起巍峨的天门,巨龙盘旋绕飞,天庭浩瀚无边,各路仙家纷纷现身,想象中飘然而来。

而龙宫,也揭开了神秘的面纱,珍珠、珊瑚、玛瑙宝光闪闪,贵有四海又当如何?不朽的艺术铸就辉煌的殿堂。

一抹苔痕绿,万古清凉天。冰冻了激情,沉静中的思考却更为深邃。冷却了憧憬,脚下的路却走得更为坚实。

一块北魏的题刻石碑,被后世的大一统王朝包围着,溶洞内灯光炫目,往来驰骋,左冲右突,就是杀不出历史的重重围困。

沉吟千年,对视千年,索性,与唐宋的诗词握手言和。

二

沧海太老,阅不尽尘封的往事,桑田太慢,白云追赶苍狗,定睛一瞥,电光石火,瞬间穿越亿万年。

到底要承受多少苦难,才能有冰清玉洁的嬗变?

亘古的眼泪未干，一滴，两滴，三滴……滴滴晶莹剔透，堆砌成石笋、钟乳石的模样，坚毅中不乏深情的期盼，渴望一个冰雕玉琢的世界，人心纯而又纯。

贯穿古今的真情告白，还要演绎多少人间佳话？那锥心的疼痛，那泣血的呐喊，此刻，泛着七彩的光环，与动人的传说一同沉睡了。

高山流水鸾凤鸣，心随明月彩云飞。

茫茫雪原，意象涌动，白色的火焰照亮洞窟，悠长的歌吟踏上回家之路。

西狭颂

一

黄龙翘首,白鹿驻足,嘉禾与木连理承接甘露,装扮汉隶绝世的容颜。

古树繁花斜倚,跃上葱岭千百旋,幽谷峭壁之上,光华四射,一朝惊艳天下知。

谁,心系黎庶通畅险阻?德政,添上人文关怀的一笔。天井山厚重如斯,一条崎岖蜿蜒的栈道,通向豪迈俊朗的人生之路。

山川永不老去,往昔峥嵘入梦来,注目那一轮新月,浸润此间恢宏的气象。

敦厚是它的人格,灵秀是它的风骨,

宏阔是它的气度,澄澈是它的魂魄。

倒影注入一泓清幽,旋又跌宕而下,百折千回,哗哗流向远方,蝴蝶翩翩绕飞,夹岸花草清香,飞瀑映照彩虹的光芒。

二

飞檐凌空，卓然独立。

仰望巍巍功德碑，那气韵流动的四季，怎么忽然就失去了色彩？那天下苍生共有的心愿，为何独处崖壁光芒不减？

供奉千年，俊逸千年，吟咏千年，称颂千年。

响水河日夜流淌，奏出黄钟大吕的和声，激荡大汉的猎猎雄风。顺着飞瀑流泉的方向，追寻先贤高远的情怀，一曲《西峡长歌》破空而来，清音激越婉转。

峨冠博带，载歌载舞，高山流水知音遍及古今，循着杜鹃花的清香，激情穿越鱼窍峡的春天，那一场奢华的盛筵呵，至今流光溢彩。

汉官威仪，回眸一笑，那不是东汉武都郡太守李翕吗？山一样伟岸的身躯，古典飘逸的装束，轻轻一呼，径直从《西狭颂》里走了出来，眼眸流转，表情生动之极。

鸣沙山

一

钟鼓齐鸣,丝竹管弦悠扬,多少渴望不甘沉沦,笑傲大漠万古长天。

战争与和平,妥协与抗争,隆起一座座流年的沙丘,聚则千峰竞秀,散而宝塔巍峨。

重重叠叠的沙粒密不透风,深藏铁血狼烟与杏花春雨,唐宋风华隐忍不发。

跨越或长或短的中间地带,白鸽纷飞,禅心随风翩翩起舞,天籁之音在月圆之时响起。

注定有一首箜篌古曲,专为鸣沙山弹奏。

二

鸣沙山金光闪闪。

佛光普照,如梦似幻,天马咴咴嘶鸣,火焰腾空而起。默念敦煌藏经卷,夕阳余晖里,走来了鸠摩罗什和玄奘法师。

也许是眼角的一滴泪,自东汉白马寺辗转而来,从五胡十六国的乱世经过。

千年岁月不老,一如既往地晶莹剔透,熠熠镶嵌在西北大漠边陲。

希冀,站立成深秋的胡杨林,一望就是三千年。丝路花雨飘飘洒洒,和声悠扬为谁而鸣?

三

高原,天生的舞者,与天边归雁排成一行,从汉唐的渡口飞奔而来,舞动飞天妖娆的身姿。

号角骤然响起,马蹄銮铃齐鸣,戈矛弯刀撞击,古战场清音激越。朔风吹过无边的旷野,那些或悲壮或凄婉的故事呼啸而出,旋转着冉冉升腾。

时空两两交错,心灵的图腾永不凋谢,金石之音铿然坠落地面,舞之,蹈之,花朵般盛开,无数个传说爆裂开来,梦想破茧而出。

月牙泉

一

漫漫黄沙之中,谁家新娘肤如凝脂,巧手梳理翠绿的发辫,嘴角笑成了一弯新月。

喇叭唢呐声起,醉了桃花雨,眉心一点胭脂红,为何迟迟没有点上?思念开始在梦里拔节。

夕阳,还没落下,就暖暖地融化了。

沉静,秀美,妩媚,柔和……眼眸流转,荡起一圈圈涟漪,自顾自在水中笑着,变幻出万般风情。

二

一泓清泉现身沙漠,涌动生命的渴望。

高楼望断天边归雁,关于坚硬,关于粗粝,关于生命的要义,被一匹战国的烈马驮在背上,喷着响鼻整装待发。

原本一场深刻的教谕,被春风轻轻吹走了。生命需要呵护,美好怎经得起摧残?哪怕只有一次。流沙从指缝间悄悄溜走。

百日菊、丁香花温婉地绽放。

大地之眼柔柔地，闪耀着母性的光辉。

三

静静地，躺在天地的怀抱，荒漠不毛之地，语言的功用更为强大。

万古有多长？月光下，触动青莲心事，幽思缓缓吐露。不！还是不要惊扰了她。雷音寺的钟声滑过水面，唐宋风韵缓缓沉入水底。

马骨、戈矛、驼铃、呻吟深埋黄沙，一场暴风过后，纷纷拱出地面，争相诉说当年的情形。芦苇唰唰有声，盖住了所有的喧闹。

那喧闹，转身上了明月阁，附着在一幅幅楹联之上，游客观赏之际，突然就沉寂了下来。

官鹅沟

一

一条沟，弥合了鹿仁寨和金羊寨的仇怨。

大婚之日，喜庆被部族利益绑架，阴谋在黑暗的角落纵声狂笑，獠牙吞噬了纯真的心灵，至爱挡住了射来的毒箭。

血泪斑斑点点，原本一场精心策划的复仇，让位于圣洁的爱情，草原袒露宽广的胸怀，簇拥着两个部族走向前方。

和平与发展，那永恒的主题啊，至今在绿水青山间悠然徜徉，上与白云齐，下可潜粼光，中间一行白鹤引领。

二

九天飞瀑垂千丈，莫非太白曾经游此地？虎口瀑、水帘瀑激情喷涌，多像男子汉官珠英武的气质。

天池美景豁然现，青山绿树倒映碧波中，独秀峰、通天门仙乐飘飘，宛如鹅嫚绰约曼妙的身姿。

传说历久弥新，凤愿代代传承。熊熊火焰旁，谁手挽着手，旋转着围成一个圈，跳起了欢快的锅庄舞，心底的歌儿唱给大山的神灵，唱给美妙的新时代。

百鸟朝凤，青山唱和，那么多欢乐叽叽喳喳，为一个古老而动情的传说，温存的目光抚慰昔日的累累伤痕，阳光下挥舞着双翅纵情欢唱。

麦积山石窟

一代雄主陨灭了，北魏王朝颓然谢幕。

卸下华彩的一刻，就是重生的开始，英雄豪杰的事迹隐退了，人间烟火的表情尤为生动。

石窟，深藏着飞天神性的启示。

雕像，远比文字更为深刻有力。

攀爬，开凿，仰望……凌空搭建起佛国的天梯，悬崖峭壁供奉众生的理想。四季荣枯，朝代更迭，唐宋元明清依次攀缘而上，全然不顾身后的喧哗。

与万古长空独语，与山川大地同沐朝晖。一角秘密被揭开：一千六百多年漫长的岁月，终究还是抵不过声声佛号的诱惑。

肉身消失了，灵魂附着于崖壁之上，法相安详而宁静；天女散花，鹤鸣九天，安享松柏的静谧。

淅沥的小雨不期而至，石窟迷蒙而具禅意。

一根白鹤的羽毛飘过，麦积山空灵又悠远。

意象陇南

  想象中的陇南粉墙黛瓦，早春簇拥粉霞一样的桃花，小桥流水流淌着原野牧歌，翩翩游来几只野鸭，寥寥数笔泼墨山水，不知不觉衬托了青花瓷的典雅。

  雨一直淅淅沥沥地飘，飘着薄雾一样的轻纱，丝绸锦缎般柔滑，啜一口罐罐茶，顺着雨丝的方向，南宋找到了自信和底气，找到了南北交界处婉约的风华。

  那一阵雨下得很密，花花草草突然爆芽，细雨燕子斜飞，锦鲤在纸扇蓦地一动，牧童的短笛清亮亮地响起，折一枝杨柳依依惜别。

  西湖一样的云水啊，做了青山丰厚的嫁妆。谁，手挽着手，优雅地撑起油纸伞，在杨柳烟里软软地唱着，在繁密花海款款地走着，在荷花深处浅浅地笑着。

  石板桥延伸着悠长的思绪，呼应着秦砖汉瓦编织的意境，漏窗变换流动的四季，夜晚就着月光铺开宣纸，点染古典活泼的仕女图。

嘉峪关

一

一座关隘横亘大漠，将北扩与西进的雄心圈进城内，再也不肯迈出一步。

热血、信仰、大一统的执着、天下苍生的呼吁，齐齐瞄向垛口，一一摆放平整。

护国寺与老君庙默念《心经》，边陲锁钥植入胡杨强大的基因，背靠长城，群峰拱卫，漫漫黄沙之中，嘉峪关屹立六百年不倒。

倒下去的，只是战乱、阴谋和野心，广袤的绿洲芳草萋萋牛羊成群。汉唐的鹰隼在头顶盘旋，不时发出一声唳啸，像在滑翔，又像要一个俯冲随时扑下来。

城头戈矛林立，明朝的律令牢牢嵌入城堞，严格盘查南来北往的行旅客商，王朝的眼神越过长城的烽燧，警觉而威严。

二

戍楼但听朔风吼，数声寒蛩悄入耳。

铁衣角弓，胡天飞雪，风滚草一样卷过，转眼消失不见，只有星星点点的逸闻与传说，孤零零悬挂在骆驼刺的枝头，傲然挺立一身的风骨，迎风摇曳生姿。

在嘉峪关极目远眺，飞驰的骏马驮着边塞的风情飞奔而来，绕城数周之后，撒开四蹄又一路绝尘而去。

城楼之上，一首《梅花落》悠悠响起，失血的天空不再惆怅。寒风呼啸，酒气袭人，内城、外城与关山合着节拍翩翩起舞，羌笛、胡琴与美人联袂入画图。

落日熔金，城墙也镀上了一层金色，在与祁连山年复一年的对望中，天下第一雄关金句频出，一帧剪影厚重而沧桑，沙漠玫瑰开出妍丽的花朵。

像血，像晚霞，更像英勇的火炬。

茶马康县

一

望子关贯通四方，石猫梁集聚天下的财气。

五尺道磨得锃亮，马蹄踏出金元宝的轮廓，一队队的马帮驱赶四季的风，追逐心头炽热的梦想。

马铃声潜入青石板的缝隙，不甘沉沦的呼喊，催生一丛丛青草和野花，填补着古道苍白的记忆，红绿相间，年复一年，最终成为一种集体的信仰。

南诏与大理国远去了，光影摇曳中，一群群的骡马负重前行，不断叩击康县的城门，逶迤行进在秦岭深处。远行的背影凝固为一组组雕塑，续写茶马互市千年不朽的传奇。

马背上，驮起多少政权的兴衰？穿越时空，十里飘香，画面从未如此清晰而绚烂，一转眼，又悄然消失在崇山峻岭当中。

二

比二脑壳酒更浓的，是三弦琴弹拨的曲调。羊皮扇鼓舞与梅园神舞一同赶路，茶山就在肩头扛着，霸王鞭逢山开路，一曲长歌响彻苍茫的心间。

大山里的影像越来越近，回眸一瞥，古城华章璀璨，一千四百多年的史诗穿越栈道，蜿蜒盘旋而来，激荡在燕子河两岸。

阳坝的茶香温暖了旅人的心怀，慰藉万水千山的劳顿。从大西南到大西北，有形的道路，化作无形的标志，千年商道猛然华丽转身。

一种植物和动物的组合，把政治、经济、军事、人文、宗教、民俗一股脑揽入怀中，分解出数不清的文化符号和意象，滋润着华夏故园千秋万代的心田。

风吹过，意绪像蝴蝶一样纷飞。

三

田间地头，陌上花开，夕阳是最好的陪伴。

那缕缕光照里，可是远行人归来的叮咛与问候？芸芸众生远比传说的英雄更加真实，也更为久远，千年集市云烟不散，赫然挂在城堞四周的山梁上。

回归，一刻都不想等待。滇马那一声长长的嘶鸣，清亮亮地从白云山滚落，跌入残破的石碑中间，迅速归位出发时的行列。

而后，畅想一路艰难而又无比壮丽的行程，不经意间，与古戏台四目相对。剧本寂寥而执着地上演着，往日情境历历再现，可以短暂地遗忘，但不会永久沉睡。

循着山路的印记，走进茶马客栈，走进烟火腾腾的世俗生活，时光里的人文翩翩起舞，先民的热泪滴入沸腾的泉水，在一壶普洱茶里上下浮沉。

永不沉寂的茶马古道啊，请让我用文字打包把你带走。

黄河铁桥

一

欲扬却要先抑。

杨柳依依，和风习习。天下黄河第一桥雄姿英发，一声秦腔吼起来，两岸波涛立时唱和应答。

从此岸到彼岸，百年风云依次铺展开来，或莲步轻移，或左顾右盼，或大踏步走来，晚清、民国、现代各自立于桥头，目送一波波的过客，来去如风无影无踪。

热切的渴望被市井嘈杂的声音淹没，南来北往的人群遁于时光深处，风华与衰败，呐喊与彷徨，一同消失在滚滚的波涛中，不时溅起小小的涟漪。

依稀听见昨夜残梦的呢喃，如激流之上微风吹拂，若柳絮飘浮于河面，分明来不及凭吊，迅即被流水冲走。

二

到底要有多大的承受力，才能历经一百多年屹立不倒？

钢铁骨架的心志，铸起一座岩石纪念碑，牢牢镌刻在金城兰州的心头，守护着大西北的精神与魂魄，须臾不曾离开，古铜色的面庞为证。

雄浑，缘于厚重，九曲十八弯，汇流到浅滩。

沉默，绝非冷峻，胸怀一团火，照亮前行路。

夜晚，七彩霓虹变幻现代的灯光秀，对面的白塔山黄晕晕一片，古典情愫氤氲，步行桥上人来人往，肆意挥洒甜蜜幸福的时光。

家国往事远了，人间烟火近了，阅尽沧桑，人间春色正浓。

两当兵变

一

午夜，一声清脆的枪响，穿过老南街的四合院，穿过古老的两当县城，激荡陇原百年的迷魂。

枪声，豁然显现光明，而后，化作一圈圈的光晕，均匀地向四面八方发散，直至与霞光相融，昭示红彤彤的喜庆与欢歌。

枪声，闪耀着璀璨的火花，照亮了春暖花开的远景，宣告了一个美好季节的到来，再没有丝毫的犹疑与彷徨，猎猎飘扬的旗帜，分明就是花蕾绽放的容颜。

枪声，迸射出雷霆万钧之力，那是劳苦大众心头的怒火，集聚了祖祖辈辈的夙愿，几百双渴盼的眼神，呈现出未来世界的生动面孔，触手可及。

这个春天的夜晚，西北在一场霹雳闪电中获得了新生。

二

千年古槐年年绽放新芽，纵横的枝干将九十年前的宣言高高举至头顶，在春风里纵情欢呼。

碾盘和石轱辘不发一言，神态庄重地守护着久远的往事，护卫着峥嵘岁月的血性与尊严，猛然间传来两当号子激越的曲调。

太阳寺，广香河，多么温暖的名字。

芝兰芬芳，向阳而生，那个年代，那一群人，该怎样为他们画像？其实，何须踌躇，只须轻轻一呼，先驱者便飞奔而来，挥洒火热的青春年华，留住永恒的瞬间。

拔营，起义，突围，征战……像种子一样散播四方。最终，他们的双脚仍然站在两当的土地上，迈着整齐的步伐，一起走进两当兵变纪念馆。

哈达铺

一

云横秦岭家何在？岷山脚下意踌躇。

到陕北去，到陕甘革命根据地落脚！

一个小小的邮政代办所，几份普普通通的报纸，奇迹般拯救了一支军队，改变了中国近代史的进程。

粮食、布匹、医药、人员源源不断涌入，哈达铺以一己之力，独自接纳了红军三大主力部队，更是为中国革命注入不竭的动力。

义和昌药铺、关帝庙、张家大院……风云集聚于房间和院落之中，听不见一丝声响，只有讲解员抑扬顿挫的声音，如雷，似电，穿透八十多年的沧桑岁月。

木格窗，橘黄的灯光，呼吸之声相闻，一帧披衣剪影悄然映于窗前，挥戈陕北，旭日东升……一幅光辉灿烂的图景豁然展开。

二

跨过高大巍峨的红军门，来到商铺林立的红军街，在一栋栋秦汉式的旧居前驻足,寻访那一连串熟悉的名字。

从一个边陲小镇出发,走到时代的聚光灯下,走进波澜壮阔的中国革命中心地带,"长征加油站"的名号,温暖了两万五千里的伟大征程。

当归、黄芪、柴胡医治不了人间的苦难,一群爬雪山过草地的人们,郑重开出了一份济世的良方,从此引领一个民族大踏步走向新生,步入辉煌的殿堂。

红旗猎猎刺破长空,宏伟的史诗热血浇灌,陕甘支队注入宕昌红色的基因,哈达铺红军长征纪念馆傲然立于骄阳之下,熠熠闪耀民族复兴的光芒。

第三辑

蔚蓝海岸

涛声或豪放或婉约,千年流光一跃浮上水面。

火牛阵

一

古战场被残阳烧为灰烬，如同空洞绝望的眼神。

一场混战之后，金戈铁马碎裂成片，层层叠叠的竹简穿越纪年，化作一支支利箭，每每在深秋时节呼啸而至。

蟋蟀的鸣叫若有若无，冷却的是人心，间或都市废墟中发出的呻吟，迷离而恍惚，宛若遥远的梦境。

厚重的即墨故城啊，埋葬了齐、燕两个大国，埋葬不了杀气腾腾的战国时代。

不知名的花草虫鸟淹没了秦汉古道，夕阳下，原野上的耕牛缓缓走向田埂，低头不发一言。

秋风横扫枝叶，一地斑驳零落。

二

该是庄重地祭奠故土，酹酒倾诉衷肠的时候了。

似乎更应虔诚地敬上一炷香，纪念温顺而暴怒的神祇。它们身披彩衣，头顶尖刀，像一团火焰狂奔而去，奔向三十六计搭建的祭台，没有人关注它们最终的命运。

其实，关不关注，最后的结局都是一样。

史书敞开大门，胜利者昂然入住，络绎不绝的香客低头叩拜，一言一行再也不容置疑。

百代风流随雁阵纷纷而去，朝如青丝暮成雪，时光搭建的舞台摇摇欲坠。

长发飘零，醉酒当歌，寻寻觅觅当中，谁在不停地张望，不停地叩问？

三

源于黄土地，复归于九泉之下。

岁月收割一茬茬的过客，亦收割人世间的悲欢离合，两千多年的秋霜冬雪，白茫茫一片清寒，火焰灼烧过的大地播下来年的种子，飞鸟立于枝头，呼吸铮然有声。

五行相生相克，昨夜的梦境游离在月光下，谁又能分得清真实与虚幻的边界？只有那些扎根乡土的心绪青翠欲滴，蓬蓬勃勃生长，风风火火招摇。

金戈铁马远遁，英雄豪情缕缕飘散，还是皇天后土朝夕相伴。一地庄稼更让人心生敬意，就在眼前，炫动生命翠绿金黄的色彩。

遗忘，亦是铭记。

琅琊台

秋风·斜阳

历史定格于瞬间,却用千年的时光来演绎。

琅琊台,你深藏了多少秘密?听凭传说的藤蔓将你紧紧缠绕;琅琊台,你主宰了多少阴晴?任由天风海雨的情思把我一次次淹没。

拾级缓步而上,金戈铁马的豪情陡然升起,秋风沿界面直扑而下,头顶的枝叶飒飒作响,渤海的浪涛在脚下穿行,犹如秦军将士横扫六合的呐喊,一浪高过一浪。

转角,风云倏忽静了下来,秋日的私语明明暗暗,像寒蝉的鸣叫,像羽翅划过天空的声音。

四顾旷野,一柄倚天长剑插入苍茫海天之间。

沙场秋点兵,春秋霸主勾践匆匆地走了,千古一帝秦始皇前呼后拥地来了……千秋功业已然凝固,人心却是鲜活的,游走于雕像之上。

深秋,循着海岛青烟缭绕的方向,遥望一个大一统王朝的自信与怅惘,体味它的无奈与不甘。

望眼欲穿,东渡的船儿再也不还,千古遗憾月未圆。

仿佛进入一个特定的磁场，被一双无形的大手牵引，懵懵懂懂变幻了时空，秋风横扫而过，檐角的风铃清脆悦耳，暮色中走向斜阳，遥远的往事在前。

明月楼中，还有多少衷肠倾诉？琅琊台上，秋风斜阳海茫茫，传说远比史实生动。

时光·人心

何处的笛音悠然响起？

秦砖汉瓦连缀而成的城墙，不慌不忙编织着时间经纬的羽衣。在有月光的晚上，听见它们窃窃私语，似乎在争相诉说着峥嵘往昔，天一亮，又恢复了往日的神态，缄口不言。

这天地间的舞台，究竟上演了多少威武雄壮的史诗？

帝王将相、英雄豪杰互不相让，流水声中，一股脑消失在垛口深处。

才子佳人、贩夫走卒，他（她）们悲欢离合的身世经时光淘洗、辨别，在戏楼上风风光光活了几千年，至今昌盛不衰。

何为永恒，孰为短暂？不可更改的宿命长满苔藓，铺就一段段曲曲折折的青石板路。

遍寻地方史志，墙角稀稀拉拉映照几帧梅影，浓淡相宜，稀疏有致，颇有与林和靖的梅花一争高下的态势。再定睛一看，哪里是什么梅花，分明是城墙边的老槐树，鸟巢就是它锐利的眼睛。

站得高看得远,什么也休想瞒过它,大自然的枯荣,人世间的盛衰它见得多了。天长日久,经年累月,也就没有什么稀奇,它们其实是有情感的,只是未能触发而已。

深深打动它的,只能是古典悠悠的时光,根植大地的血脉纵横交错,长存琅琊台生生世世不灭的魂魄。

时光无限,人心永恒。

霸王台

一

半截夯土露出水面,一边是考古,一边是世俗。

或许是,又或许不是,传闻与真相之间,隔着两千多年热气腾腾的民意。

战鼓齐鸣万马奔腾,楚河汉界戈矛撞击,古战场所具有的几大要素,在这一刻全部汇齐。

而人心,游走于千古功业的边缘,突破了时间规则的约束,石门山訇然洞开。

顺着老百姓的情感流向,何妨描绘一下发生在此间的故事,领略武圣的绝世风采?

早春时节,乍暖还寒,像极了霸王凌厉的眼神。

二

箭镞、剑戟与红褐色的泥土黏合在一起,黑乎乎的,像凝固的鲜血,更像一曲深秋的挽歌。

或胜或败,没有人考究,更没有人追问,结果自始至终都不重要,甚至,没有一只蝴蝶飞入花丛更引人注目。

跨越时空,凌驾于一切观点之上,只遵从自己内心的真实感受,比起冷冰冰的史实,思绪才是灵动飘逸的。

正史与野史蜿蜒蛇行,好在,霸王台提供了这样一个交流的平台,一种迥异于传统的思维方式,真情流露,天马行空,不受任何道统的影响。

三

五千年月白风清,胜王败寇的铁律失灵了。

失败者享有如此盛名,彻底颠覆了皇家的神圣和权威。原来,率真与诚恳的底色更为感人,也更为长久和牢固。

将自身的喜好投射于对方,在塑造的人物形象身上,找到了自身的喜怒哀乐,以古人寄托爱憎,倾吐坊间自然的心声,霸王台演绎的人文传奇,又何尝不是活生生的历史?

真耶?假耶?山环水抱之中,我作别了春秋战国时期的遗址财贝沟,寻觅着《项羽本纪》浓墨重彩的章节描述。

四

原野,弥漫淡淡的清香,云头崮千亩茶园与桃花共醉。

红瓦绿树间,零零星星散布着十几户人家,传递春风里的淳朴与暖意。

敦厚的外表和丰富的想象力,守护着家乡的一草一木,守护着世世代代的骄傲与荣光,倔强得如千年不变的民俗。

他们，才是霸王台的主人，山水情怀的继承者与诠释者！

乡土原本平淡无奇，人文注入深沉的魂魄，传奇色彩与瑰丽风光集于一身，两者互为表里，天衣无缝，像极了一出精心编排的剧目。

田横岛

皈依自然

一座海岛,高高昂起黑黢黢不屈的头颅。

海潮汹涌而来,枯草摇曳于天,五百罗汉的名号无疑具有致命的诱惑。

惊诧于人心的刚烈与果决,一剑横刎鲜血淋漓,五百壮士横眉怒目须发偾张,凛然端坐海神庙之中,袅袅青烟直冲云霄。

沿着传统文化运行的轨迹,探究世道人心的走向。太史公在前面引路,做着慷慨激昂的解说,诠释"侠"之所在"义"之所为。海风猛然掀动一页史书,呼啦啦像撕扯营门前的"田"字大旗。

一波三折的心路历程,终究没能在海上和陆地间架设一条通道,尘念在距离帝都不远的地方,"咔嚓"一声折为两截,一截在坎坷的路途,一截遗留在遥远的海岛。

千里之外,洛阳城张灯结彩,齐王落寞地谢幕了。

楚汉相争的背影已然远去,大汉王朝横空出世,故事附着史实之上,传说夹带强烈的感情色彩,田横岛无疑更具传奇和轰动效应。

海浪拍打岸边，发出整齐划一的低吼，三九严寒朔风凛冽，寂静的时空情思交织。一丝颤动，一个隐喻，仿佛易水河畔悲凉的歌声，游人稀少之时，宾主唱和应答，相谈甚欢。

关于生命，关于深刻，关于意义，关于永恒……

落日熔金，彩霞漫天，红彤彤的思绪弥漫了整个海岛。抬头仰望，分明看见一双双凌厉的眼神，凛凛掠过苍茫的天穹，始终不发一言。

也许，春暖花开的季节，目光会逐渐变得柔和起来。

两千年时光，没有败给对手，最终皈依了自然风光。

雪野表述

壮烈，是一种结局。

平静，还原一个过程。

盈盈婀娜如玉，今冬第一场雪覆盖了海岛，覆盖了冰冷的雕塑。天籁禅语，预示着深不可测的命运，鸟雀蹦蹦跳跳进行着占卜，天机不可无端泄漏，雪地上踪迹全无。

雪野开阔无边，风吹草动，一些大雪庇护下的话题不再沉默。

仿佛听到了召唤，冻土下渐渐有了响声，一开始东张西望悄悄耳语，终于不再避讳他人，变得异常活跃，一发而不可收。

着眼宏大的题材，历史侧重轰轰烈烈的表达，只认可既成的事实，人心素来不在关注的范畴，纵使当世的英杰也不例外，卑微得不值一提。

西汉初年的传闻笼罩在海市蜃楼之中，没有人在意他们内心的挣扎，血迹未干，世人忙不迭地把崇敬的名号双手敬献亡灵，像捧着一条洁白的哈达，满怀宗教一样的虔诚。

人心就矗立在天地中间，一站就是永远。古青铜的剑匣已经锈蚀斑斑，宝剑寒光闪闪依然锋利无比。古朴的花草纹饰不小心暴露了心思，大雪顽强地还原人性，复活一个个活生生的人，一缕缕流动的思绪汇入奔腾的大海。

雪花簌簌而下，情节演绎千百回，生硬的表述被一点点剥离、剔除，谁在飞快地穿针引线，片片羽毛连缀成孔雀衣，传之后世的形象从此不容置疑。

疾风劲吹，悠悠时空在飘雪的冬日苏醒，喧闹退却了，雪野之下的海岛打量着自己，也思忖着熟悉而陌生的雕像，蓦然间千言万语涌上心头。

像被什么狠狠击中，凝视的双眸满是泪水。

六曲山

一

苍茫的六曲山，风云隐遁。

用一场旷世的奢华，换取今生永久的沉默？

草木荣枯，岁岁年年，云深不知处，王权富贵深埋山中。狐兔俨然成为此间的主人，荒草斜阳间往来穿梭，清冷的月光下，夜风与亡灵共语。

它们是见证者，亦是亲历者，是六曲山古墓群忠实的伴侣。

坟冢探出长长的触须，张牙舞爪伸向星空，是不甘心冥界的幽暗，还是沉迷尘世的享乐不可自拔？

弥漫王侯将相气息的山峦一言不发，枝丫纵横交错，长风临空凌乱，舞动成金缕玉衣的模样，群山覆盖了一层厚厚的积雪。

寂静的六曲山，埋葬了胶东国一部鲜活的历史。

二

尘世的心愿未了，山体之下蜿蜒蛇行，胶东王刘寄轰轰烈烈消失在烟霞雾霭之中。

　　漫山遍野叮叮当当的锤击斧凿声,早已化作松涛的绝响,侧耳倾听,仿佛夹杂着役夫经年不断的呻吟。那些飘荡的逸闻传说,无意间沾染岁月的风霜,无声无息湮没于西汉的烟云。

　　像招摇的功德碑,又像是天人合一的夙愿,秦砖汉瓦砌筑的地宫,隔绝了此生的念想,长存来世的奢望,宿命般成为另一个世界的代名词。

　　山之幸,还是梦之魇?思绪在这一刻悠悠飘散。

　　似乎应该在深秋凭吊,抑或于隆冬时节感怀,至少是西风飒飒吹动落叶之时,而我,却是在夏末秋初而来。

　　树荫浓密蝉声四起,集中向周边村庄发散,一里,二里,三里……藉秋风传之久远。

九曲巷

一

大红灯笼高高挂，似在欢迎远道而来的游客，更像是频频致意归来的游子。

小巷尽头，分明有一双眼睛，一望就是两千年。

两千年，宫阙威严，笙歌轻扬，编磬清脆的乐音至今清晰可闻。月光朗照的晚上，寂静的街面上影影绰绰，环佩叮当作响。

两千年，思绪连接古今，白云静立不动，蓝天有鸟慵懒地飞过，向这片广袤、葱茏的土地投下一帧优雅的剪影。

如今，面对陌生的故国家园，我沉默了。

古典的情怀藏于小巷深处，声声乳名的呼唤似乎来自四面八方，不断撞击耳鼓，瞬间唤醒全部情感记忆，记忆如潮水般涌来。

初秋，一片树叶飘过，循着胶东国脉络的走向，沿着古岘线装书细密的针脚，在九曲巷三拐两拐就不见了。正犹疑间，她正不动声色地立于门楼之下，笑盈盈看着你。

二

在九曲巷，我无师自通学会了奇门遁甲，在各个朝代间来回穿梭。春秋战国，西汉东汉，魏晋南北朝……风一样掠过重重光影，掠过小桥流水的婉约，掠过一池荷花的清香，我游离的目光最终定格在斑驳的土墙。

老屋还在，染坊还在，石碾还在，墙头上的紫藤萝依旧茂盛。老私塾学堂与我默默对视，像多年未见的老友，此刻纵有千言万语，却一句话也说不出。

九曲巷住着徐万且，蕴含着二十四节气。

九曲巷掌握一整套完整的祭天礼仪，沟通天地人神之间的终极秘密。

人心与时间，到底哪个更为强大？

想象在一个秋日的午后，我走进九曲巷，化身为汉朝的一位书生，腰佩长剑，长袖飘逸，脚步踏在铺满落叶的青石板路面，亦踏在时光深处的离愁别恨。

我找寻着历史的答案……

法海寺

岁月远去了，时光隐没于白云生处。

幸而还有一角风华犹存，供芸芸众生凭吊，回望千年的心路历程。

功德藏于人心，复又化作飞檐斗拱的殿宇，投射在千年金黄的银杏树上。

斑驳的阳光闪烁跳跃，跳过东汉，跳过西晋，跳过大唐，跳过古老的即墨城，径直跳到游客的额头。

一千八百年了，谁还在原地站立不动？晨昏冷暖，始终秉持禅心义理，西风残阳，一直默默超度众生。

一片苍茫、寂静之中，只有檐铃叮当，梵音响彻青翠的山谷。

晴空一排白鹤飞过，湛蓝的天宇变得澄澈无比。

法海寺，一处清幽的所在，见证了时间的沧桑无情，亦领略了人心滚烫的温度。

童真宫

一

静静地安卧山村,四时香火不断。

能留下的,终有其存世的理由,遗迹无存的,自有其消亡的规律,时间顽强地还原世上一切事物。

不其山隐于浩瀚的历史烟云,杳杳不知所踪,县令童恢伏虎的故事却深深融入这片土地,生根发芽开花,驱走无边的荒凉和冷寂。

古柏森森,高耸入云,童公的衣冠冢埋于庭院密林之中,时而三三两两的游客打破这里的清净,虔诚的目光饱含深情,他们在寻找什么?

二

因一个人,遥遥怀想一座城。

因一座城,更加想念一个人。

是群山环抱之中的一股清流,还是充盈天地间的浩然正气?斜阳昏鸦,乱云飞渡,道家的古乐泠泠响彻山谷,清风徐来神清气爽。

千年易过，童真人的魂魄早已与这方水土合二为一。

"天地之间有杆秤，那秤砣是老百姓……"远山如黛，紫气东来，暮色苍茫中，仿佛有一首歌，在童真宫上空久久飘荡萦绕，歌声激越空旷，尽显苍凉悠远。

童真宫，我拿什么凭吊你？

平度说唱

一

隔着春秋，隔着战国，隔着遥远的秦汉，厚厚的黄土层下，深埋着一段炽热的情感。

如果不是当面聆听，你就不知胶东国的前世今生。

如果不是亲眼所见，你就不知天柱山魏碑的古朴遒劲。

如果不是一株牵牛花的羁绊，你就不知回家的渴盼该有多么强烈。

古岘几度变迁，岭上花开花落，状元跨马游街的欢呼犹然可闻，六曲山古墓雪藏千年的时光。

原野，洒满银辉的晚上，即墨故城静静诉说过往。

深山藏瑰宝，脚下多城墙，柳腔吕剧地瓜戏，一曲乡愁从古唱到今。

二

像平度的花生一样充盈，像大泽山的葡萄一样香甜，像漱玉泉的井水一样清澈。

这从春天出发的梦啊，时时生长出神奇的希望，飞翔的梦想伸开臂膊，深情地将一方水土紧紧拥抱，劳作的双手攥紧岁月的馈赠，不让指缝中流出丝毫。

如果你来到平度，请与我一同放歌，歌唱劳动，歌唱明天，轻抚大地青青的麦芒。

如果你离开平度，请留下优美的篇章，吟咏田园，吟咏情怀，托起乡村诗意的太阳。

吼一首皇天后土，吟一曲地老天荒。

即墨古城

一

仿佛迷失了很久,又好像回到熟悉的故乡,亘古的风不紧不慢地吹着,遥远的春秋编钟缓缓敲响。

沿着街衢,循着牌坊,跨过墨水河长长的柳堤,站在潮海门奎明楼楼顶眺望,千古繁华一梦,情归悠远。

学宫琅琅,文庙庄严,走不出千年曲折的游廊;传说不老,月华皎洁,谁识即墨大夫清瘦的面庞?

秦砖汉瓦深埋于地下的废墟,狐兔出没于幽深的洞穴,悄悄地,即墨古城走了,流水带走了时光,带不走一丝岁月的尊荣。

《史记》《战国策》的故事还在云层聚集,像要展开春秋战国的情节,随时开启隋唐的另一番景致。

二

往昔在梦里辗转,大写意的石狮拱出地面,披着红绸带,隔代与我打着招呼,四目相对,似有千言万语倾诉。

夜深了,灵魂独自盘桓,古人与我席地而坐,互吐一千多年的衷肠，那些惦念和牵挂，在眼神里炽烈燃烧。

痛饮一壶即墨老酒吧，让火牛阵冲天的烈焰，激荡男儿驰骋疆场的豪情。

痛饮一壶即墨老酒吧，唱响《田横别齐》的柳腔，让五百义士壮烈的义举，照亮我心头骄傲的荣光。

让我寂寞，让我怀想，让我沉醉，让我高歌。

三

撑一竿竹篙，青花瓷般的女子荡向灵魂的栖息之所，映日荷花擎起一城典雅。

月上波心，古意融融，串串大红灯笼浮出水面，时光一梦长醉千年，一任古典的思绪肆意流淌。

史实与传说翩翩起舞，诗词歌赋咿咿呀呀唱个不停，清风明月两相知，无边的风华轻盈而灵动。

风帆远了，舟楫和劳顿靠岸了，亭台楼阁蜿蜒成家园的模样，笙歌低语，沉入古城静谧的夜色。

四

一船渔火迷离闪烁，载着即墨古城驶向何方？

寻寻觅觅，走走停停，总有一丝缝隙可以窥见希望，总有一束光亮与纷争握手言欢。

跨越唐风宋韵的时空，跨越傲慢与偏见的鸿沟，在一汪汪水塘相遇，连接千家万户的街巷，沟通了万水千山的隔阂,活成了当下的样子。

没有寒暄与问候,即墨大夫腰佩长剑,目视前方,高调宣告一座古城的重逢与归来。

传统,千年不变的人文初心与坚守。

怀古,现代语境下心灵的皈依。

天柱山

一

山以字传,字因山秀。

天柱山,孤峰耸峙,一柱擎天,擎起飞渡的乱云,更擎起无边的芳华。

青山为宣纸,流水作丹青,鸣禽啁啾上下翻飞,两侧汉白玉牌坊立于左右,郑文公塑像居中而立,峨冠博带垂手相迎,心怀虔诚拾级而上,风雅就在山巅遥望。

一千五百多年了,宛如一株清荷亭亭玉立。隔着时光,隔着栅栏,四目对视的一瞬间,石碑光华四射。

大道至简,幽梦无边,殷殷的思念镌刻于崖壁之上,寂寂于山间一角,散发着清幽的芬芳,凝视斑驳陆离的碑文,体味那缕缕不绝的馨香。

议天地大道,论翰墨丹青,拨弄丝竹清音,空山幽谷知音何在?回首之间,松涛阵阵,清风徐徐而来。

二

站在山顶举目四望,天高地阔沃野千里,大写的碑文线条呈辐射状铺展开来，横竖撇捺圆润饱满，郁郁葱葱指向苍穹大地，气势雄浑苍茫。

夕阳余晖下，碑文通体笼罩在绚丽的霞光里，孝行展现大美的文字。

秋阳照耀行人国字形面庞，轮廓分明意态祥和，那眉眼，那神态，自有一番魏碑的韵味，心下恍然。

天长日久，瑰宝的魂魄已化作一种独特的精神，层层附着在岩体之上，复又化作世间人情百态，充溢在这绿水青山之间，不由感叹人文之神奇，余脉之绵长。

俯瞰归途，善男信女络绎不绝，匍匐、仰望、膜拜，而香火，就在头顶供着。

我也是天柱山魏碑的传人。

市舶司

一

无需披头散发设坛作法,东南风大作,唐宋元明次第扯起风帆,急急驶向各自的归宿,兴衰沉浮犹如一叶扁舟,惊涛骇浪间,接受后人严苛的询问。

嘈杂之声消散了,时光化身一只只蓝色的船模,海天之间潜心修行,大沽河涛声入梦,市舶司鼾声大作。

丝绸、茶叶、瓷器三大件,成吨的古钱币重见天日。

板桥镇手持一根长长的烟杆,吸纳南来北往的风土人情,吞吐五湖四海的物流。烟火明灭闪烁,镜中的影像理理鬓角,凑近了去看,金胶州的容颜真实而模糊。

荣光褪色了,熙熙攘攘的码头变身清净的博物馆,商贾弃船上岸,专注地翻阅着线装孤本,再也不理会人间的喧嚣。

二

昏黄的灯光映照斑驳的壁画,真耶?幻耶?时空迷离恍惚,繁华盛景岂止一梦?

打捞出的沉船满是贝壳和沧桑,不管有人没人,古埠絮絮叨叨起来没完没了,岸边的垂柳低头怀想,鱼儿潜藏水底,吐出一串串水泡。

体味,须在秋日的黄昏,蒙蒙细雨之中,晚风夹带着清凉,白茫茫的雾气弥漫开来,人影憧憧帆樯林立,悠扬的古乐由远而近,抚琴的女子衣袂翩跹。

许在寻觅,寻觅典籍与月光一次不经意的交融。

许是遗忘,由动至静乃人世间亘古不变的法则。

古埠断想

一

沧海几重梦几重?

海鸥飞不过时光的履痕,落日的余晖如此辉煌,红彤彤的天光尽是遥远的记忆,仿佛远去重叠的帆影,宛若抖开的绫罗绸缎。

喧闹之声沉入海底,还有精美的景德镇瓷器,光荣与梦想一同沉寂,痛楚与渴望集于一身。

胶州古埠,谁念你华贵而沧桑的容颜?经年的梦倾泻在河床,流淌成一片洁白的月光。

少海,一枚蓝色的贝壳,幽梦深藏于河底的水草。一张一翕之间,涛声或豪放或婉约地穿过,千年流光浮上水面。

夜凉如水,鱼儿寂寞地游来游去,像在寻觅,又似在追忆。

二

涛声依旧,沙鸥翔集,一片浮云海上来。

还是唐宋的梦吟、明清的呓语，大沽河的波浪迎来送往。轻柔的月光下，昔日的场景缓缓流淌。

帆樯遁入码头深处，市舶司现身博物馆一角，镌刻在古典文献里的繁华胜景，滔滔东流入海，在大沽河两岸冲刷出一道道人文的沟壑。

遍野苍茫，群鸟啁啾，遗址之上从来不乏生机与希望。

三里河的桃花凋谢了，秋天的风浩浩荡荡穿城而过。一曲苍凉的歌谣陡然明快，板桥镇的秧歌轻盈地舞动起来了……彼时的风华再度萌发。

崂山

道士出山

奇峰、怪石、幽林、飞瀑,古老的经卷穿透时空的迷雾,从仙山云海骑鳌而来,须发飘飘洒洒,拂过苍茫的岁月和经典的传奇。

八仙墩坐下来,冲泡一壶崂山茶,朝夕与巨峰对饮。在造化神功面前,只须感悟,只须聆听,世间那身华丽的锦袍,岂是清风朗月的本色?

谁,洗去一身的尘埃,回归自然的本性,水灵灵长成人间万象的模样。悠悠道乐弥漫山间小路,群峰参禅悟道,向真、向善、向美,不知不觉,修炼成海上第一名山。

是了,九宫八观七十二庵并未远去,只是隐没在层层雾霭之中。清风吹过山岚翠谷,崂山道士手执桃木剑,身着天仙洞衣,一个潇洒的仙人指路,急匆匆出山了。

法显登陆

云影徘徊,浪涛轰响,想是冥冥之中的因缘未了。

许是被天光云影诱惑,许是为云霞紫气折服,抑或醉心漫山遍野的红叶,初秋时节,金风飒飒,法显登陆崂山南岸的栲栳岛。

一把藜藿菜辨别大汉王朝,这不是沙漠中的海市蜃楼,而是魂牵梦绕的中原故土,心心念念的美丽家园。千难万难,抵达崂山难上加难,海上回归之路惊涛骇浪,坚如磐石的信念到底靠岸了。

华严寺旁,绿竹婆娑滴人衣,一袭袈裟飘然欲飞,手持禅杖,足踏芒鞋,海天间,站立成一座永恒的雕像。

巍巍青山直插云霄,耿耿其心功昭日月,坚毅、顽强、虔诚、祥和……山水人文孰高孰低?智者含笑不语。

秋日的阳光下,许愿池银光闪闪,游鱼往来穿梭自如,那尘世朴素的愿望,层层叠叠绽放开来,心灵之窗豁然洞开。

康成讲学

群峰环绕,青烟袅袅,书带草和篆叶楸争相铺满乡村小道,散发着文韵的芬芳。

藏在石缝,夹于瓦砾,一朵朵如玉繁花,孕育一粒粒救国救民的种子,乱世遮盖不住经学的光芒,桃花源里心忧家国天下。

清晨,不其山被第一声儒家经典唤醒。

琅琅读书声中,郑玄正襟危坐,沉浸在古、今经学的"小统一"时代,往来穿行于"郑学"的各条经络通道,探究儒家学说的终极要义，千年时光倏忽而过。

废墟之上，学宫之内，高大的梧桐树居中，枝丫如大鹏展翅，凤凰栖于枝头，百鸟欢唱起舞，墨水河欢腾着流向远方，传说是更加深刻的真实。

鸡犬之声相闻，礼乐缭绕四散。

书院村、演礼村的村民一字排开，变幻眼花缭乱的阵势，那一抹浓浓淡淡的印记，至今飘荡在三标山之上，与铁骑山遥遥相望。

书院一统

苔痕覆盖小径，爬山虎缀满斑驳的墙壁，三两株粉红色的玉兰映在额头，亭台楼阁站立原处，痴痴与青山对视。

高山流水洗涤心性，走进崂山书院，走进儒释道三教的殿堂，万道霞光璀璨，茶香氤氲，桂花婆娑，缤纷的花雨飘飘洒洒。

心灵走向何方？或者向内，或者向外，或者内外兼修，人心千变万化，大千世界异彩纷呈。

不知从何而起，亦不知到哪里终了，一场场天地人之间的对话，无时无刻不在进行之中，演绎春夏秋冬不同的主题。

千年的魂魄彼此守望，相互成就独一无二的气质，相携走过漫长的心路历程。

书院稳稳站立山脚，此心安处，故乡就在身边，仁者与智者携手,徜徉山水之间,面向青山深处,欣欣然悠悠一笑。

它在找寻自己的倒影吗?那么高大,那么挺拔,那么俊秀,那么俏丽!

太清宫

一

问道山海间,参禅烟波里。两千多年了,道教祖庭掩映在山光水色之中,竹影清风阻断归程。

日照青峰,紫气东来,大殿往来穿梭,太极八卦循环不已。松风阵阵,涛声隐隐,何处清音悦耳,拂尘一挥了无牵挂,好一派仙风道骨!

抬头时见龙头榆,不觉踏上逢仙桥,千里迢迢而来,怎知踏雪无痕?

全真道长丘处机走了,太极张三丰又来了,人间烟火与神窟仙宅之间,隔着厚厚的一堵墙,清静无为潜心黄老之学,心无杂念即可自由穿行。

饮一口神水泉,蒲松龄文思汹涌,跫跫足音响起,绛雪仙子从《聊斋志异》娉婷走出。

二

雪国铺展童话的世界,一树红花香魂缕缕,一半是滚滚红尘,一半是缥缈仙境。

汉柏翠绿，银杏金黄，山茶雪白，丹桂飘香。一声鹤唳晴空万里，无心入缥缈仙境，不觉已在其中矣。

崂山蕴其神，东海借其形，渺渺山水间，逐一放飞自由自在的灵魂。

待到暮春时节，朗朗晴空下，挥手同道家经书典籍告别，借助漫天飞舞的花雨，做一场纷纷扬扬的法事，三进院落九重天，善行结缘世间一切美好。

立于巍巍群山之间，穿越古今纷纭，蜿蜒伸展至苍茫海天深处，从容与时光连为一体。

二龙山

一

面朝大海，潜龙飞升。

巨灵神挥动巨斧，劈开混沌世界，太平顶风起云涌，山海两条玉龙交相缠绕，翻滚着上下沉浮，红色的屋舍时隐时现，天上人间的界限模糊了。

雨过天晴，望海门霞光万道，百尺白练垂直悬挂大坝之上，潭底吼声如雷，水花翻滚着远去。

半山腰的玉兰花盛开了，朵朵白云停在妃子洞上空。一曲《望海》《观潮》幽然响起，穿过万竿清竹，飘飘仙境灵魂飞升。

那遥远的南宋家国往事，潜入道家曲谱当中，无声无息消融在山光水色里。

二

不必沐浴更衣，也不必焚香祷告。

畅饮一口甘露泉的水，聆听《三清号》的曲调，宋代书法家赵孟頫的题词，明清时代的石刻，都在匆匆赶来的路上。缕缕茶香氤氲，松涛鸣泉引导前行。

心之舞，情之歌，青山倒影入怀，晓望水库、塘子观水库闪动幽蓝的双眸，读书堂清音悦耳，从从容容地布道，安安静静地思考。

文笔天书，诗仙餐霞，寿星出山，天外来客……这满山的风雅，又是哪里的神仙下凡？三月初三，真武大帝现身庙会，给出终极的答案。

海云庵糖球会

一

像娃娃红扑扑的笑脸,粉嘟嘟惹人喜爱。

正月十五刚过,红男绿女舞动长长的彩带,风风火火登场了,为了心中浓郁的情结,更为了遇见那份恒久的亲切与欢欣。

传承不死,浴火重生,这一份久远的传承,跟跟跄跄走到了今天。

晨雾弥漫,露水沾衣,先民推着小推车,腰里插着长长的烟杆,匆匆行进在四方村的青石板路上,清瘦的背影逐渐消失在远方。

远方在哪里?在幽深的小巷尽头,在飞檐斗拱的海云庵,在院内苍苍古柏伸展的枝丫间。

二

曾几何时,糖球唱起了庙会的主角。

秉承时代传承的技艺,精心呵护着家族的荣光,嘉禾路两旁的擂台一字摆开,阵势庞大有序,人群像汹涌的河流，孩童被父亲高高举过头顶。

国画，古玩，踩高跷，舞龙狮……糖球为媒，文化唱戏。徜徉在艺术的长廊，犹如置身国粹的大观园，街巷里弄，流淌着劳动者的艰辛与快乐，国风劲吹，唤醒了城市久违的人文情怀。

糖球骨碌碌地转动，转出了民俗的万种风情，毕竟血脉相连，心有灵犀一点通，传统精彩演绎今天的生活。

都市依旧繁忙喧闹，车水马龙中，驻足品味一串糖球的时光。

北宅樱桃节

一

阳光欢呼着，跳跃着，手挽手赶赴一场季节的盛宴。笑语盈盈，灼灼其华，红彤彤的诱惑在枝叶间闪闪烁烁。

那是千百年来不变的图腾，农耕文明细水长流，滋润着脚下这一方净土。青山妩媚点点红，雨后初晴第几声？山水田园式的牧歌，豪放和婉约的曲调一并绽放。

沉默是山里人的秉性，男人吧嗒吧嗒吸着旱烟，若有所思地望向眼前这片山林，收获他的荣耀和尊严。

农妇将大把的樱桃和笑意捧在手心，闭着眼睛轻嗅几下，而后紧紧贴在胸前，笑意，点亮了整个夏天。

北宅樱桃节，一年一度的节日，早已按捺不住火热的激情，还没来得及彩排，就风风火火进入了角色。

二

咔嚓，咔嚓，相机将美好一一摄入镜头。

五月，有些风情开花了，有些正在悄悄萌发，还有一些，随风飘浮在空中，散发着淡淡的甜甜的清香。

人群从四面八方涌来了，蛰伏已久的渴望豁然找到了突破口，毛茸茸的像刚啄出壳的小鸡，好奇地东张西望。

从这个季节走来的，除了亲近山水的渴望，还有挣脱藩篱的惊喜。青山绿水亦复何求？在简约与繁复之间，一角蓝天留白。

本真与欲望，两两纠缠不清，浮生偷得半日闲，返璞归真的情怀汩汩流淌，灵魂的家园宁静而悠远。

五月的北宅，定格甜蜜，定格幸福，定格刹那间的永恒。

雄崖所故城

梅香袭人

赭色的断崖如刀似剑,辉映一段惨烈的往事。

雄关之上,六百余年的热血凝固了,点点滴滴附着在青石板、垛口、瓦片上。风吹日晒雨淋,雄关变成灰黑色的一座方城,巍然挺立起北方的脊梁。

腥咸的海风从鳌山湾吹来,从海岛上空盘旋而过。

旌旗猎猎,铁骑把守的关隘壁垒森严,护佑一方百姓的安宁;日升日落,大锁开启又闭合,像一把强有力的铁钳,牢牢锁住山海两翼。雄鹰敛翅,雄崖所就是一道难以逾越的屏障。

风干的记忆悬挂于城门之上,三杯烈酒下肚,一把龙泉剑虎虎生风,裹挟团团光华对舞,绽放李太白千朵万朵剑花。雄性的关城昂首向天,尽显北方汉子的豪迈与赤诚,风云长啸,闻之怆然。

一城十三庙,庙庙慰离愁,所有的念想都挂在树梢,枝枝丫丫伸向青天深处,既是思乡的慰藉,也是警惕的哨兵。

哒哒的马蹄声踏在结霜的青石板上，叩响大明王朝的黎明。吊桥高放四门洞开，升斗小民、商贾旅人穿梭往来，密如蛛网的人情百态钻入拱门两边，一蓬蓬荒草随风摇曳，鸟雀站立其侧。

隆冬时节，置身寒风呼啸的城楼，感受四维八荒纵横驰骋的男儿豪情，堆积几百年的英雄气扑面而来，凛凛入骨。

一城清寒，何处梅香袭人？遍寻街市周边，踪迹皆无。犹闻夕照下的崖壁，战鼓咚咚擂响，随风飘荡久远……

白马述怀

时光悠悠而过，带走人世间一切荣枯悲欢。

千户的门环锈蚀斑斑，日复一日敲打着寂寥；门前的上马石翘首以望，还在痴痴等待主人的归来；青龙偃月刀也老了，静静地躺在博物馆一角，遥想当年金戈铁马的岁月。

千里转战，征人未还。远道而来的军户，乡愁还在心头萦绕，一道圣旨又要出发，从乡愁的那一头，来到了乡愁的这一头。

皇恩浩荡，风雨兼程，奉恩门再也承受不起这沉甸甸的分量与重托，夕阳残照里，默默吞咽斑驳的心事。

关山望断铁衣寒，天风海雨入梦来。归来的将士铠甲未脱，转身去了关帝庙，任千呼万唤，再也不肯现身，悄无声息融入广袤的即墨大地，融入苍茫的海天之间。

叩问史书，追寻他们的踪迹，背影有些模糊，待到回转身来，黧黑的面庞一望便知，原来是李、王、赵、韩、陆、陈几个头领，威严地站立成一排，身后黑压压一片，个个神情肃穆。

远处，海浪拍打着堤岸，发出雷鸣般的轰响。

整个胶东半岛就是扬名的凌烟阁，戍边海防的将士摇身一变，再也不是祖谱上一个个抽象的名字，香火袅袅曲折回旋，古城给他们镀上了一层金黄的色彩，以手抚之，余温尚存。这巍巍的功德碑呵，沉默中有多少激情倾吐？

万物皆有灵，以独有的方式进行着交流。一匹白马自城内驿站飞奔而来，越过厚重的城门，一头撞入现代的怀抱。

雄崖所故城面朝大海，谁都听得懂它在说些什么……

崂阳故里

千难万难,不离崂山。

一语当惊天下。

到底是绿水青山激发了灵感,还是仙风道骨的心性使然?神奇的预言婆娑成故居门前的竹林,清风飘逸,苍翠欲滴,高大的雕像捻须微笑。

三百年后,他成了先知,走进祠堂正襟危坐,从容接受乡人的顶礼膜拜。

布衣显达,半人半神,青烟袅袅中,清癯的面容逐渐模糊……

燕子落于梁上,默想雕梁画栋的心事,片刻,又"嗖"的一声飞出,双双盘旋追逐而去。

一墙之隔,内外两重天。

故居门外,喧嚣的车流与林立的高楼虎视眈眈,形成严密的包围圈,古香古色的院落寂然无声,苍松翠柏威严地探出头。

天地之间,一动一静,紫气徐徐东来。

高凤翰纪念馆

一

朝与竹林为伍，夕与清风相伴。

曲与直，隐与显，从不刻意为之，一切顺其自然，坦坦荡荡直抒胸臆，赤子之心袒露无遗。

穿过月亮门，绕过假山，登上石桥，飞檐上的神兽昂首向天，沉浸于传统浓郁的氛围，顿感古意苍茫，满眼山水花鸟诗文印章。

修炼造化之功，宛若鸽哨声空灵悠远。

一池荷花撑起玲珑骨，蒲扇大的叶子苍苍不肯老去，锦鲤在水底潜游，伸手几可触摸。

午后的阳光透过垂杨，千万条柳丝化作如椽巨笔，时而凝神，时而挥洒，笔锋陡然一转，墨色由淡转浓，湿漉漉黑漆漆一团，一如苍生无限之感念。

二

老来风骨愈清奇。

剑舞龙蛇，笔走偏锋，饱蘸大半生宦海沉浮的悲怆，只手肆意挥洒，横空而来，飘逸而去，墨香跌宕生姿。

扬州瘦西湖的飘逸，故乡三里河的清秀，柳荫深处婉转的莺啼，俱在丹青水墨里沦陷。

世事彻骨寒凉，大步行走在归途，用笔墨和特立独行宣告，炽热的心灵是何等模样，孤独又是一种怎样的体味。

飒飒秋风起，丹桂香满园。

笔触深入宋朝的骨髓，泼墨愈发浓烈，不经意间抬头仰望，大汶口、龙山文化萦绕在故居上空，凝聚为天地间一股紫气，久久不肯散去。

四围风华，满院芬芳，唯欠诗酒明月夜。

湛山寺

一

　　山不言，海不语，静静望向天外，山海间朵朵祥云飘过，又悠悠飘来。

　　玲珑心，谁人明了？

　　梵音袅袅升腾，群鸟集聚九层宝塔，俯瞰放生池中一尾尾游鱼，观音佛号一响，日光下倏忽不见。

　　佛光普照，万物有灵。

　　清风吹动檐铃，黄昏披上层层玫瑰红，一圈圈的光晕飞快着聚合、重叠，瞬间又极速扩张、离散，宛若世间一幕幕时时变幻的悲喜剧。

　　鸽子扑棱棱飞过大雄宝殿的屋顶，迅疾融入无边的夜色，红尘万象退居幕后，时光与人心一同沉寂了。

二

　　夜阑更深，虫声唧唧，隐隐星光下，秋意渐浓。

　　竹林婆娑在隐秘一角，似在回应藏经阁的风华，塔松威严立于殿前庙后，俨然佛祖驾前护法的八大金刚、十八罗汉。

湛山寺显然已经习惯了这样的夜晚,这样静谧的氛围,不觉神色庄重,立时沉浸在无边无际的佛法世界。

它在沉思吗?它在打坐吗?移步向前,橘黄的灯光映照池塘一泓清幽,彼岸花开,清莲暗香,禅境如此恬淡而柔和。

石老人①

一

潮水退了，只留下海鸥，在夕阳下怅望。

远航的归帆，泊在岸边，无奈地感慨；浪花，吻别了礁石、海风，摇碎了月影。

日升日落，潮涨潮退，千百年来，老人与海，犹如一场生死恋的主角，不似编排的剧目，胜过千万次的演出。海天茫茫去无踪，情天恨海苦无涯，没有起点，亦没有终点。

天长地久，就这么立在原地，痴痴地凝望。

是慈父痛失爱子，深情望断天涯路，还是思念刻骨铭心，咫尺天涯无限情思？

从初春至暮秋，从青丝到白发，双脚踏进这冰冷的海水，亦然踏进这悠悠万古的时空，站立成海天的魂魄。

二

沉默着巉岩的冷峻，思索着生命的价值，享受着静谧

---

① 2022年10月3日凌晨4点10分左右，在暴雨闪电中，石老人上半部分突然坍塌，留下无尽的遗憾和追忆。

的时空，憧憬着明天的日出……

也许是一场风暴改变了行程，命运以一种独特的方式呈现；也许与一次美丽的邂逅失之交臂，从此萦萦于怀孤独至今。

惨白的月光映照海魂，灯塔亮了，老人的眼睛也泛起光泽，话匣子缓缓打开，水面划过道道粼粼的波痕。

夜色深沉寂然无声，谁的话语声平静而沙哑，清晰又混沌？像在叙说自己，又好像在说着与己无关的事，说给缥缈的海雾，说给跃出水面的游鱼，说给对岸闪烁的万家灯火。

自己内心的秘密，始终没有吐露……

海鸥 海鸥

一

阳光还在积聚热量,琴声在襁褓里一天天长大,单调乏味的不只天空,还有大海,海浪高一声低一声咆哮、对抗着。

海鸥,你来了,天生的舞者!这上下翻飞的精灵,激情轩昂,云水间优雅地舞动团团春光,偶尔三两声珠圆玉润的清唱,尽情演奏蓝色交响曲。

无限的暖意与爱恋迅速膨胀,寂寂海面开始春潮涌动,面朝大海,春暖花开,多少美丽的景致乔装打扮?

海鸥,只需你一声召唤,一个眼神。

海天交接处,白色的哈达清纯、透亮,圣洁的灵魂拍打着海面,拍打着海天一色的苍茫与粗犷,也拍打着环宇凄清、冷漠与彷徨。

二

想象我就坐在对面临海的窗前,一人,一酒,一茶,一份敞亮的心情,面带微笑,此处安好。

海鸥，我要郑重敬你一杯酒，还要为你斟茶，如同面对众多贤良，一切都是因为有了你，赐我一份大海独有的浪漫与怀想。

我出神地望着远方，送别了江月残照当楼的怅惘，沉寂了海天愁思苦恨两茫茫，擦拭着一江春水向东流的离人泪，滔天巨浪间传来白娘子的真情告白。

心动处，海鸥云集展翅高翔。

你有望夫石深情专一的凝望，你有石老人不分白昼黑夜的牵挂，童话里的美人鱼时不时跃起在你身旁，浪花卷走了你的忧伤，回转身又来悄声安慰你，窃窃耳语。

海鸥，你不孤单，你很幸福。

三

春光如此美好，世界如此明亮，时间分分秒秒金贵，就让我从憧憬中醒来。

乐曲悠扬，与你一同欢唱，唱出生活的热情爽朗；激情高亢，与你相拥对舞，舞出生命的精彩奔放。

冷暖人间有你赤诚相伴，真好！一袭清梦恍若半世时光。

我走了，海鸥，天高地阔，万里云天，你说要把魂魄交给我一同翱翔，我且接住，恭恭敬敬贴在脸颊，沉吟半晌，端详良久，小心翼翼放在心窝，不挥手道别。

道别的，只有蓝天，白云，梦乡。

城阳放歌

一

你从不其城的传说中徐徐踱出，汉时的瓦当记得你当初的模样，庄重典雅，仪态万方。

你从康城书院的黎明里逐渐现身，国学公园回荡着你的书声琅琅，童声稚嫩，抑扬顿挫。

你从毛公山的松涛中大踏步走来，挥一挥手，扑面尽是岁月的风霜，峥嵘岁月，怎能忘记？

法海寺的银杏垂挂千年的沧桑，童真宫的晨钟敲响民众真诚的愿望，峄阳故里的竹林闪现清幽的身影，你上下追溯两千年，入世出世俨然一身仙风道骨。

城阳呵，你长发飘飘思念如此绵长，缤纷的传说萦绕多少美丽的花环，风雨彩虹怎知你情怀如此深沉宽广？

二

就让百花装点你的容颜，就让春天放飞灵魂的赞歌。

许你泥土的芬芳，许你春天的梦想，许你一城金色灿烂的阳光。

是谁，在我耳边轻声絮语：阳光，才是你梦寐以求的新娘；阳光，才是你真正的灵魂伴侣。翩翩彩蝶倾诉着永世不变的爱恋。

我看到春风轻舞，我看到柳丝飘扬，我看到光阴飞驰，我看到梦想次第绽放，向着四面八方层层扩散。

天高云淡，鸽哨声盈耳，谁在彼此脉脉凝视？

缕缕春光乘着春天的翅膀跳跃、飞翔，晴空下笑靥如花，铺展一地繁华锦绣。城阳啊，你披着大唐的盛装华丽登场。

沽河春晓

一

春暖花开，草长莺飞，云淡风轻，波光粼粼……

三月，一些与春天有关的词汇繁茂生长，大沽河两岸风光旖旎，一湾碧波摇漾细碎的花影。

三两只天鹅悠然徜徉，水面上的舞蹈轻灵而曼妙。水鸟自苇丛钻出，贴着水面疾飞，而后，迅速抖落一身的水珠，急匆匆钻入写生者的画面。

敞开衣襟，沿着木栈道走向水中央，呼啦啦的风吹动浩荡的情怀，梦中的思念被一一放飞。

仰望苍穹，双臂伸展飞行的羽翼，跃上晴空与风筝窃窃低语。

二

柳梢轻抚河面，似在窃窃私语，又像在悄声叮咛，千万次的畅想，不及春风一次深情的问候。

河滩的鹅卵石，密密麻麻挤作一团，褪去了岁月粗粝的棱角，那些想说还未说出的话语，想必一定圆润芬芳吧？

沉默不语的，还有紫藤花缠绕的大沽河博物馆，湿地的风华尽情揽入怀中，那些春风里喧嚣与沉寂的往事，寄存在喜鹊搭建的白杨树上的鸟巢里，从不轻易外泄。

只有当太阳直直照射、高调宣告一个季节的到来的时候，才能看见飘飞的身影翩然而下……

三

千帆过尽，河道里，村子旁，昨夜遗落的梦境苏醒了，绿莹莹挂在枝头，眺望着远方。

定格，放大，拉长，延伸……在蓝天白云的映衬下，河面宽阔了许多，放任田园过往哗哗流过。乡村开始了一年一度的抒情，无限的春光幻化为点点精灵，仿若数以万计的听众。

百鸟争鸣，桃花飞红，比不过浩大流水的叙事。

让心灵谛听心灵的倾诉，让眼睛指引眼睛的方向，不再犹疑不再战栗，蔚蓝色的情怀扬帆远航。

春天来了！

初春的大沽河，被我偷偷窥破一角秘密，环河骑行的少年不回头，嘴角挂着一丝笑意，继续演绎无边的风情。

花海湿地

　　花海如歌，湿地如梦。

　　阳光照亮心境，一把油纸伞遗落天涯。

　　五月的原野软语温存，油菜花开启梦幻之旅，谁在芳草湖畔久久徘徊，走不出薰衣草幽蓝的期待。

　　风车旋转四季的景致，白色的精灵翩然纷飞，舒缓的风里几抹淡黄浅红，优美的旋律流进天鹅湖，精心酝酿一池荷花的清香。

　　波光粼粼欲语，像前尘缥缈的往事，又像青春轻启朱唇吐露芬芳。花海湿地，憧憬一场美丽的邂逅。

　　久违了，羊毛沟，温润的大地鲜花盛开。

　　登楼远眺童话里的古堡，时光忽然迷失了方向，九曲回环，溯流而上，恍若远行的游子行遍千山万水。

　　归去，一袭江南的花香楼台。

　　来兮，一曲云水禅心的情怀。

韩家民俗村

一

如同多年熟识的老朋友,不需寒暄,双目对视的一瞬间,胜过千言万语。

抚摸四方形的砖雕,立于照壁之下,仔细端详着那些古朴吉祥的造型,宛若谛听自己的心跳。就让我静静地站一会,我不是游客,我是这儿的主人。

原谅我,韩家民俗村,青砖黛瓦的样式,雕梁画栋的建筑,古香古色的物件,我只是感到非常亲切,很多却叫不出名字。

我须如伏尔加河上的纤夫,套上沉重的纤绳,沿红岛周边海滩走上一遭。

二

流光易过,幽梦难寻。

海水煮盐的夙沙氏来了,结网捕鱼的郎君爷到了,先民亦渔亦耕,亦读亦商,东夷文化扎根海边渔村。

飞檐斗拱,望不尽亲人盼归的身影;游廊曲折,模糊了青春古典的容颜。渔船远去了,沧海宛然已经结晶,析不出一丝杂质,颗颗盐粒闪耀。

盐田遍布,银海堆玉,红岛接受着来自大海的巨大馈赠,海鸥是放飞的心情。

狂啸的海风呼啦啦刮个不停,深宅大院的厢房里透出一丝亮光,账房先生正襟危坐一丝不苟,算盘珠子噼里啪啦作响。

三

再次看见他们,是在大殿里供奉的神像,以及墙上绘制的壁画。

隔着时空,隔着传统,隔着苍茫混沌的一湾海水,木船划走了,桨声还留在岸上,如恬静的思乡小夜曲。

多少宏伟的篇章,化作月光下的梦呓,恓惶栖身于展馆的寸许天地。

多少高大巍峨的门楼,抵不过海风海浪的侵蚀,只觅得残垣断壁间一株攀缘的凌霄花。

多少晨昏立于桅杆之上,眺望远方,眺望波诡云谲的未来……

月有盈亏,潮有涨落,古老的渔盐唱着沙哑的歌谣,在又苦又咸的海水里渐渐隐去,哗——哗——哗,汹涌的海水退去了。

乡愁浓缩为天边的一条白线,继而凝成海面的一个黑点,终于消融在胶州湾茫茫的夜色中。

四

别了,渔盐传承的手艺;别了,鸥鸟翱翔的记忆。

远远近近,腥咸的海风又吹来了,影影绰绰,胶州湾跨海大桥在潮湿的雾气里忽隐忽现。

红岛,我不过是赤脚走在你泥滩上的顽童,无非机缘巧合,偶然间采摘几朵飞溅的浪花,弯腰捡拾起一串串鲜活的民俗。

暮色苍茫中,仿佛有一首歌幽幽响起,波光潋滟的水面,低沉的旋律徐徐荡漾开去,一圈圈地回旋萦绕着,如紫燕呢喃风中絮语。

悠悠天涯海之魂,渺渺情思何处寻?就让我在心底默默地燃上一炷心香,虔诚地祈祷……

隐隐,千佛山青云宫的钟声敲响了,清泠缥缈,传之久远。梵音回响在秋日的黄昏,也回响在我寂寥的心上。

第四辑

五月的风

在这繁花似锦的季节,蔚蓝的晴空鸽哨嘹亮。

天后宫

一

先有天后宫，后有青岛市。

五百多年的沧桑变迁，供奉在大殿香樟木雕刻的天后圣母像上，陈列在东西厢房的胶东木版年画里，流淌在前海一线滚滚的波涛中。

落日剪辑成金色的黄昏，浮动一层琥珀的温润，弹指间千帆过尽。涛声似一种不朽的存在，亘古如斯的祝祷仪式，迎来送往高歌的海魂，鼓荡起澎湃的乡音乡情。

小青岛渔村的身影模糊了，浸透血泪的家国往事愈发清晰，专注渔耕记忆，孑然一身傲骨，它是孤独的，亦是奋勇的，牢牢看护着乡土文化的根基。

冷眼阅尽人世间的悲欢，万千重围中，岿然屹立不动。

二

一庭花影竹留月，满院风声夜听涛，没有比这更倔强的坚守，也没有比这更长情的告白。

是了，血脉相连，心灵都是相通的，妈祖日夜凝望着眼前这一片海，守护着港口渔民的安危与生计，流水不知春归去，信仰之光将风浪一一抚平。

古老的银杏树飒飒作响，用半晌闲暇，换取海上丝绸之路几百年的繁盛光阴，默念花岗石碑刻的铭文，聆听翠绿新枝间的鸟鸣。

回首，撷取一段城市的记忆之光，一朵紫色的丁香在心底粲然开放。

那戏楼柳腔茂腔里的故事，正在寻觅最初的源头版本。

那世纪金钟敲响的一刹那，定有循着民俗飞来的海鸟。

小青岛

一

山如瑶琴，流水抚弦，清风蹈空，铮然作响。

一柄玉如意，将海岛与陆地连为一体，晨光照在琴弦之上，任海风吹动飘飘的长发。

琴音弥漫，紫薇花盛开，海天间放飞灵动的思绪，小青岛只管温婉地绽放，岛城在悠扬的琴声中醒来，开启大海与城市的对话。

琴韵流淌，涛声四合，青春与活力迸射开来，烟火人间纷纭万象，汽笛声已然远去，缥缥缈缈步入瑶池仙境。

琴岛，桃花映衬下的碧空，排开万顷波涛，生发绵绵不绝的遐思。

二

这是一方灵魂的家园，浪漫到骨子里的情怀，抚慰着百年的沧桑。

海水退了，海滩大小礁石林立，密密麻麻状如城堡，往昔的峥嵘深藏其中，静静不发一言。

夜幕降临,圣弥厄尔大教堂的钟声响了,穿透重重海雾,轻灵而缥缈。此时,小青岛变身胶澳,与白色灯塔开始了一场真正意义上的约会。

梦中的百合并未远去,魂魄还隐伏在沉沉海面上,与半岛苍生一起感叹,潮涨潮落依然如故。

青岛第一井

一

青苔覆盖的井口,不改春风往日模样。

磨盘、石槽双双跌入草丛,隐隐露出一小块脊梁,艰难地隐匿行踪,朝夕与虫吟月光为伍。

一块四四方方的碑刻,隐身中山公园东南一隅,如熊熊燃烧的火炬,照亮会前村的前世今生。遗址之上,任凭雨打风吹,六百年始终不发一言。

远处的电视塔直刺苍穹,何不追忆一段陈年家国旧事?

树上的麻雀蹦蹦跳跳,从明清到现在,一直叽叽喳喳说个不停,岁月总是无情。

岂止一夕渔樵夜话?故土家园的话题沉痛而悲愤。

二

樱花盛放的时节,前海的涛声正在酝酿一场激情。

昔日的村庄哪去了?王氏明秀堂家庙又在何方?鹅卵石的河道干涸了,传闻轶事一股脑儿钻入井里,等待一声夜莺的啼叫,穿越世纪的漫漫长夜。

未语泪先落,怎能轻易忘怀?

探身上前,古井黑咕隆咚,仿佛20世纪初那个风雨如晦的年代,纷纷扬扬的花瓣飘落水面,幽幽地旋转,似在深切地哀悼往昔,又像在感念新生,天色逐渐暗了下来。

谁又不是世间匆匆的过客,困厄之中热切地期盼未来?熙熙攘攘喧闹的尘世,到底寻到了一处静心的场所。

栈桥

一

如蛟龙出海，笔直探向波涛深处，搅起百年风云往事。

秋风嗖嗖刮过水面，浪花嘶吼着扑来，溅起一人高的水柱，海鸥鸣叫着上下翻飞，像大海的一叶扁舟，不胜风力的侵袭摇摆不定，海天苍茫而混沌。

深秋的黄昏，天阴沉沉的，徘徊在栈桥边缘，触摸着它跳动的脉搏，体味着它苍凉的心境。

猛一回头，看见一双忧郁的眼睛，以及潜藏在背后欲说还休的话语……

造化弄人，枉费了许多心血，看似坚固的海防，纸糊一般被一阵风吹走，胶澳风起云涌，却牢牢打下一座现代城市的地基。

二

根在这里，魂魄亦在这里。

站在回澜阁上观望，倏忽波翻浪涌，风云几度变幻。

春秋更迭，寒来暑往，匆匆的步履何曾停歇？对面小青岛绿意葱茏，不断提示季节的转换，一眨眼，就像午休小憩了一会，梦醒了，还在独自回味。

不能靠得太近，也不能隔着太远，不长不短的一段距离，刚好看清她的面容，清丽的面庞似乎还闪着泪花。

表象与真相之间，到底隔着多远的路程？

物候的变迁总在不知不觉间，春光明媚，游人如织，这是大势，谁也阻挡不了。

胶澳总督官邸

一

似乎永远是那么威严,一副凛然不可侵犯的样子,诺曼龙高踞古堡之上,俯瞰整个汇泉湾,山势逐次退去,最终隐于花海密林,遽然归于沉寂。

永远灵动的是楼顶的鸽子,它们是这儿绝对的主角,叽叽咕咕一百多年说个不停,矫健的羽翼划过海天,划过红绿相间的迷梦,飞翔在岛城的上空,海浪打湿了昔日渔村的记忆。

金色中央大厅仿佛人影晃动,《蓝色多瑙河》的舞曲似乎还在房间回荡,硕大的水晶灯垂下德意志帝国华丽的面庞,大落地钟每隔一刻钟报时,宛若多瑙河边白鹳欢快的啼叫。

夜里不闻风雨声,错把他乡当故乡。

二

特鲁泊总督跷着二郎腿,坐在石头凿刻的将军椅上,悠闲地吐着烟圈,眼神傲慢地掠过眼前这一片海,嘴里叽里咕噜发出一连串指令。

身后静悄悄的，蓦然四顾，秋风落叶沙沙作响，偌大的园林空空荡荡，攥起的拳头僵在半空，表情忽然凝固了。

晨曦如约到来，阳光犹如一支支利箭，明晃晃射入楼内每个角落，百年纷争，人间正道屡试不爽，旧貌换新颜。

雨打风吹，曾经的权势让位文化和艺术，东西方美学迎头相遇，光影与意境相互渗透。迎宾馆挽住岁月，挽住永恒，演绎山海间不朽的建筑传奇。

馆陶路

一

南上海，北青岛，华东物流满街跑。

百年的记忆还遗留在馆陶路，流金淌银的繁华旧梦，附着在一栋栋德式老建筑上，风一吹，满大街乱跑。

历史的影像从来不会消失，只是变换了形式，蛰伏在不为人知的地方，悄悄打量着曾经的家园，机警地思忖着新的对策，一刻也不掩饰渴盼的眼神。

岁月不居，法桐花开，德国风情街转身归来，专在宁静的午后出没，端坐临街一角的长椅上，悠闲地品着咖啡。

一把小提琴复活了凝固的音符，一颦一笑明灭闪烁之间，深深牵动岛城深绿浅红的忧乐。

五月的岛城，浪漫而豁达。

二

岁月不曾老去，梦想总会重逢。

变是必然，这是时代永恒的主题，涌动的激情何曾消退半点？它在寻找一个合适的契机，那炽热的岩浆总是如约而至，慰藉岛城百年沧桑的心。

《贵妃醉酒》的余音袅袅散去，一辆公交车慢慢抵近，又缓缓驶向街道的尽头，百余年的时光浓缩为一座座站牌，时间和空间倒退逝去。

回头凝望，一切都已改变，一切又如当初的模样。

一缕温情的目光，覆盖了多少欲说还休的话语？舞台已经搭好，东风里，阳光下，世间幽微的情愫终将一一绽放。

芳华——这是对它最好的诠释与注解！

登州路啤酒街

一

青岛啤酒，岛城的宠儿，麦芽的香气弥漫整条街巷。

登州路敞开宽广的胸怀，接纳来自五湖四海的宾客，畅饮蓝天大海的豪情，释放夏日火热的激情。

这一刻，徜徉在欢乐的海洋，你我都是海边嬉戏的顽童。海浪汹涌撞击岸边的礁石，白色的浪花哗哗冲上岸边。光着脚丫，赤脚走在沙滩上，欢呼着，追逐着，跳跃着，尽情享受惬意的时光。

摇滚乐咚咚响起来了，萨克斯管悠扬地吹奏起来了，充满异域风情的伦巴也舞动起来了，一顶顶帐篷，撑起了童话世界的梦幻之境。

二

一条街道，沸腾了一座城市。

一座城市，浓缩为一条街道。

青岛，这座年轻美丽的海滨城市，既有江南仕女的温婉，又有西北秦腔的豪放，兼容并蓄，敢为人先，深邃的目光越过黄海，热情拥抱海外现代文明。

她的笑容是灿烂外露的，热情张扬，开朗爽快，太阳底下纵声欢笑，潇潇洒洒放飞愉悦的心情。

干杯，青岛啤酒街，今天，只为欢乐而来！

干杯，缤纷的生活，从此，梦想夜夜开花！

夜幕降临，灯火璀璨，天上的银河直直倾泻在街道两旁，变成了人间喧闹的街市，火树银花不夜天，啤酒女神翩翩从天而降。

今夜注定无眠。

青岛山炮台遗址

一百多年了,时间并未冲淡一切,寒鸦栖于黑松之上,青岛山警钟高悬,像一个巨大的惊叹号,沉甸甸纹丝不动。

秋日的黄昏晦暗不明,西风吹过树梢,落叶覆盖了山体土黄色结痂的伤口。

拾阶缓缓而上,两尊克虏伯大炮分南北展开,黑洞洞的炮口高昂着头,宽阔的海面波涛汹涌,看都不看身后的主人一眼。

置身地下工事,掏空的山体弯弯绕绕,像吐着芯子的毒蛇,窸窸窣窣滑过北洋政府的肌体;又像不断收紧的绞索,旋转着猛地甩向窜进洞的东洋人。

背后的帮凶狞笑着,像在观看一场足球赛。

这一刻,中国无比耀眼,却又无比暗淡;此一时,岛城无比高大,却又无比渺小。

硝烟散尽,结局不是最初的结局,这块土地的主人终于登场,抚摸累累的弹孔和战火烧焦的痕迹,怒吼着发出自己的呐喊。

立于山巅之上,居高临下俯瞰,铁铸的瞭望塔仿佛沉默的历史,该如何开口,又能说些什么?

山下起雾了,正适宜隐藏心事。

纺织谷

一

我大老远急匆匆赶来,风尘仆仆站在你的面前。

硕大的工业齿轮光环消失了,几台织布机还立在原地,角色的转换明显有些措手不及。穹顶的阳光透过玻璃,雪白的光束直射进来,明晃晃有些耀眼。

青岛国棉五厂,这还是记忆的梦乡吗?

习惯了长期占据舞台中央,镁光灯咔嚓咔嚓照个不停,金梭银梭送走了太阳和月亮,丁零丁零的自行车渐渐远去,时代不会为谁而停留,有些悲壮,有些决绝。

像彩虹一样轻盈,如丝绸一样柔滑,星光黯淡了,昔日的"上青天",谁听得见岛城那一声幽微的叹息?

二

那些纺织物件何曾老去?

当年的黑白集体照,风采依旧,永远年轻帅气,八旬老翁手持放大镜,颤颤巍巍,神情专注,不放过其中任何一个细节。

夕阳下，公园里，那些萦绕于心的故事，那些闪耀时代荣光的篇章，还在一遍遍的唠叨里顽强生存。

从初夏缀满爬山虎的工业水塔，到晚秋周氏家族飘香的百年金桂，老青岛的魂魄年年在此等候。

往昔的时光并未远去，还顽强地留在园区，这是它的家，萦绕着柔软的情愫。

有多少情怀，就有多少精彩。

一场小雨淅淅沥沥过后，墙壁信手涂抹几笔，立刻呈现天青色烟雨的意蕴。

中山路

一

仿佛做了一个懒洋洋的梦,又似漫不经心翻了一下身,一觉醒来,怎么也记不起昨夜的情境。

不见梧桐秋叶纷飞,亦不复雕梁画栋蛛网惹尘埃,更不必水袖急舞,演绎一幕盛极必衰的宿命大戏,古典的才子佳人怅然退出舞台中心,西装革履的商贾闪亮登场。

浪漫的欧陆风情仍然摩登时尚,青石板的路面早已被岁月打磨得光滑锃亮,腥咸的海风还是那么不远不近地吹来。

街道两边的店铺夹杂着劈柴院的气息,只是没有了往日的喧闹与拥挤,旧店铺的门后蓦然透出一双双往日的眼睛,无限惆怅地追逐一段并未走远的时光。

二

老街深处,赫然隐藏着一座城市百年沧桑而骄傲的心。

那些屹立于海岸礁石的商战大片,被浪花无情地卷走,融进了冰凉透骨的海水,不着一色,了无痕迹。

那些浸润海风的往事，在月光下被反复吟诵传唱，渐至苍白，终于无声无息，海浪哗哗冲上堤岸。

那些摩肩接踵的人气，随老字号慢慢蒸发，重重叠叠的影像老了，散了，在某个不为人知的时间，与山东大戏院一同谢幕了。

喧嚣褪去了，中山路露出了清瘦的面容，傲然凸起历史的风骨。走在宽阔的马路中央，抬头仰望，分明看见时光诡秘的笑靥。

国际邮轮母港

一袭清风,鸥鸟欢唱。

几十年的风雨历程,青岛港收获了属于它的那份尊严与骄傲,也将苍茫的心事赋予万顷碧波。

汽笛声中,万吨巨轮喘息着远去了,满载欢乐的游轮缓缓驶来,青岛港华丽转身,只有风干的记忆还留在岸上,随贝壳沙粒辗转迁徙。

前湾码头,繁忙物流不再,国际游轮母港,一湾碧水笑迎八方宾客。

夕阳立于海平面之上,三两只小船一动不动,鸥鸟盘旋纷飞,远处的山峰清晰可见,像一幅色彩斑斓的油画。

黄昏,品一杯茗茶,静静聆听大海的涛声,海浪高一声低一声,似海鸟尖利高亢的鸣叫,又似恋人之间的喁喁絮语。

沉思往事,斜阳复照。

红彤彤的海面平滑如镜,历史的风烟渐近,仿佛看见庞大的船队浩浩荡荡驶出港口。

近了,更近了,定睛一看,马可·波罗笑容满面地远涉重洋而来，船还没有到岸，就远远张开热情的臂膀……

呜——谁在海边吹响螺号？神情专注而虔诚。

五月的风

一

一团耀眼的火焰，宛若一颗跳动的心脏，赫然矗立在浮山湾畔。

那一年，你执风云之牛耳，青春的烈焰引爆激情，个人的悲欢与家国紧密相连，你飞驰，你呐喊，你狂啸，你火山一样的愤怒彻底爆发了。

百年潮起，狂飙一曲，你是高擎的火炬，五月的风映红整个中国。

虔诚地将一页燃烧的历史，迎回自己魂牵梦绕的故乡；沉思着将一种高山仰止的精神，植入汩汩流淌的血脉；郑重地将一段炙热的情感，化作一座城市永恒的地标。

心相连，梦相通，花团锦簇的五四广场啊，五月的风像一面火红的旗帜猎猎飘扬。

二

守望传承，守望情怀，激荡着沸腾的热血，薪火代代相传，青春是你不老的容颜。

时光不老,涛声很近,在这朝气蓬勃的季节,五颜六色的花朵次第盛开。

时间不短,空间很宽,在这繁花似锦的五月,蔚蓝的天边云霞灿烂。

清风在侧,清音入耳,五月的风,你曾经沧海静听浪涛轰响,除却巫山闲看云聚云散。

迎着你绰约的风姿,袒露我世纪的赤诚,瞩目伫立于海天之间的崇高与伟岸。

海鸥最懂我的心,这天地的精灵,在波涛间顽强出没,忽而俯冲滑翔,忽而盘旋高飞,日复一日,只为五月的风高歌,从来不知疲倦。

凝固的,只有雕塑。

中共青岛支部旧址

一

谁将最美的年华留在岛城,留在庭院雕塑的青松旁,任凭后来者去想象、感叹。

大浪淘沙,烈火真金,生存是如此奢侈,死亡又是如此真切,那是一种怎样艰苦卓绝的坚守?

一半是故土情深,家书万金诉衷肠;一边是熊熊炼狱,革命者百炼成钢。

青春,祭奠了冬日的萧瑟;热血,浇灌了梦中的迎春花。

十二月的百花园,万木凋零,冬天的故事脱颖而出,北风化作激昂的旋律,前进!前进!前进!……雪花步入童话世界,寻觅!寻觅!寻觅!……

扎根民众,传播火种,只管扑下身躯,深深地亲吻大地。根深才能叶茂,除了拥抱春天,还有什么通往繁花似锦之路?

湛蓝的晴空鸽哨嘹亮,仿佛穿越了九十多年前的暗夜,理想和信念之箭呼啸而来。

二

四四方方的院落，普普通通的房间，安安静静的八仙桌。

一座挂钟定格了那个时代，一把博山壶邀客秉烛夜谈，一个行李箱风雨兼程刚刚归来，好像随时又要跨出门去。

到底是赤脚的童工刺痛了神经，还是随意枪杀的暴行惨不忍睹？将家国扛在肩上，那些不甘屈辱的人们，频频出没于风雨之中。斗室，连接外面广阔的天地。

而星火，就在四方机厂宿舍酝酿，从这间屋子引出，沿着蜿蜒曲折的海岸线蔓延，直至照亮青岛一万多平方公里的土地，照亮当时的中国。

废墟在脚下坍塌，幼苗破土而出，从此，星辰再也不曾坠落，渔岛的怒潮一浪高过一浪。

那是一连串闪光的名字，邓恩铭、王尽美、刘少奇、李慰农……

此刻，青岛支部旧址格外寂静，白玉兰的清香从窗外徐徐飘来，墙壁上的眼神坚定而透亮，梦中的情景越来越清晰。

三

走入时光深处，一页风云滚滚而来，那是怒吼，那是呐喊，那是亿万民众压抑已久的心声。

严冬，一只抖抖索索的手，虔诚地打开一个油纸包，一本《共产党宣言》赫然在目,斑斑血迹犹如怒放的红梅。

炉火熊熊不熄,信仰,将青春的面庞照得通红,也将一栋砖木结构的房屋定格为永恒。

就在这草木葳蕤的季节,大浪拍岸之际,有关这个城市的记忆被瞬间激活,过去的点滴影像刹那灵动了起来,久违的激情喷涌而出,漫无边际的思绪呼啸着聚拢,欢呼跳跃着涌向眼前这片海,腾起朵朵洁白的浪花。

我明白,蛰伏多年的情感蓦然苏醒,穿越时空的经纬相互交织,自己与眼前的红色建筑产生了明显的心灵感应,灵魂已经高度契合。

三合山

一

贴近你的胸脯，期盼心灵与心灵的契合；抵近你的额头，渴望目光与目光的碰撞。

一路匍匐前行，努力抵达你灵魂的高度，三合山，你挺起古铜色的脊梁，高高托起风调雨顺的希望。

牧羊人甩起响鞭，汉时的大殿顿时灰飞烟灭，瓦当、干勾石骨碌碌自山坡滚落，荒草斜阳中瞪大眼睛，努力辨认着对方。

曾经，一个高高在上，一个抬头仰望，如今终于回归自然，回到出发的起点。

时间跨过玉皇殿的神明，一头扎进深达几百米的洞窟，千呼万唤再也不肯出来，任狂啸的北风如汉武大帝叱咤怒吼，翻滚的乌云紧紧包裹着雷声闪电。

二

山雨骤来，风云激荡胶东的天空。

绕树三匝，魂兮归来，历经枪炮的洗礼，杨明斋纪念馆背靠三合山南麓，平静地度过每一个冷暖晨昏。

老玉米挂于屋檐之下，屋后挺拔的杨树枝叶轻轻摆动，似等人来，又怕打搅清梦。

雨越下越大，雨幕交织着苦难与辉煌的回忆，胶莱河在远处轰鸣、激荡。立于山巅之上，聆听山谷里激越的号角、战马的嘶鸣，以及愈来愈近的喊杀声。

秘境隐藏了一切，却又开启了另一番景象。

山路弯弯，林间小道崎岖不平。清明时节，我来到三合山，作为一名虔诚的朝圣者，专为寻找红色的印记而来。

三合山，你会向我敞开心扉、倾吐心声吗？

八大关

一

相约汇泉湾畔，日夜倾听浪花与海鸟的絮语。

八大关，没有塞外关隘的苍凉，扑面缤纷四季的芳华，古希腊式、巴洛克式、哥特式、拜占庭式的建筑风格同台竞技，一树繁花葳蕤枝，深藏人间四月天。

这是古典中国与现代西方的对话，这是建筑作为艺术精彩亮相的高光时刻。青岛，邂逅一份海天独有的浪漫。

身披洁白的婚纱，新娘挽着新郎的手，转身消失在花海密林之中，画眉浅斟低唱，一泓清幽静静地流淌……

那是宁静的八大关，融进了悠悠的月光中。

二

庭院深深，远隔重洋，当年的主人身在何方？一树春风飒飒起舞。

西式铁艺栅栏缀满粉红的蔷薇；茂密的藤萝沿墙攀升，绿茵茵占据一大片领地；壁虎紧贴墙壁，昂起头一动不动，如同泥塑一般……时光仿佛凝固了。

小院静悄悄的。阳光透过树叶，斑斑点点洒下来；高大的法国梧桐探出矮墙，淡紫的花朵清香可闻；清风如一头小兽跃出栅栏，沿街悠然徜徉。

谁把小巷藏进拐角处，迢迢长路忽现。

谁将美丽分为千万瓣，沿街随意抛洒？

三

秋天的八大关，传统美学的忠实阐述者。

嘉峪关的枫叶，居庸关的银杏，红得热烈，黄得通透，阳光渗进斑斓的色彩，重了，缓缓地从枝头飘落。

落叶，褪去萧瑟荒凉的外衣，一身奢侈的华丽，诠释了深秋的另一番韵味。

无人机从头顶嗡嗡飞过，摄影师是幸运的，海誓山盟的爱情也是幸运的。

打一把细花阳伞，伸手接住半空的红叶，优雅地插入发髻，旗袍里的民国娇小玲珑，风情万种，款款走来，秋日私语呢喃，悠扬的钢琴曲缓缓流淌……

四

花岗石的别墅，回响着岁月清晰的足音，嘘，轻点，再轻点，不要打搅了海天之间的梦境。

如一头雄狮蹲伏海边，众兽匍匐脚下，随时听从号令，痴情的丹麦王子，魂魄还留在公主楼，眺望海天一色的苍茫，等待童话里的公主出现，海浪声声，日复一日。

海鸥上下翻飞，刺破重重雾霭，不知向何方去。

停泊靠岸的汽笛，是否就是大洋彼岸的思念？

古香古色的建筑，如跳动的琴键，素手纤纤，轻轻一抚，叮叮咚咚的音符自由滑落。

八大关，我轻呼着你古典的乳名，感受着你如诗如画的景致。

樱花大道

一

精神世界雪白浅红。

以一座公园的命名,致敬伟大的革命先行者,而后,又以一树树樱花渲染,深度诠释美好生活的意境。

遵从内心的意愿,点燃渴望已久的热情,一年一度的踏春赏游,万不可辜负了春风的美意。

丽人和古典诗词同框,琴瑟与汉服来一次惊艳的邂逅,晴空盛放最美的华年,谁言花不语,温婉吐芳菲?

东风与春光密语,红尘有了新的注解,一片片云霞旁逸斜出,分列大道两旁,接受南来北往游客的注目。

二

繁花似锦的季节,袅袅春光占得先机,她是豪放的,亦是婉约的。

豪放的是她灿烂的笑靥。

婉约的是她妩媚的芳姿。

中山公园人如潮涌,海边吹来的风恋恋逗留徘徊,一袭花香弥漫，附着在细花阳伞上，悠悠转动春天的笑脸。

花雨飘飘洒洒，辗转半空千万念，被一支洞箫悠悠吹落。

华灯初上的夜晚，再也没有比这更柔情的缱绻。

鲁迅公园

一

巨大的花岗岩雕像，昂起的是思想的高度，冷峻的目光扫视着每一位游客，发出一连串灵魂的拷问。

冠之以投枪、匕首的名号，决绝地向旧时代发起进攻，这厚重的外壳，这无形的藩篱，湮灭了星星点点的绿。而今，旧痕被岛城的浪涛迅疾卷走，瞬间消弭于无形。

那热烈的心，那冷峻的火，镶入凝翠亭，嵌进赤红色的墙壁。灵魂的旗帜擎起万丈光焰，无数的霞光、精魄呼呼飞升，而后，又向四面八方扩散开去。

鸥鸟翔集，浪涛轰响，悠悠魂魄徜徉海天间，终于可以袒露自己的心迹，自由地表达人世间的爱憎了。

二

面朝大海，清风徐徐而来。

呐喊台上，有形亦无形，皇皇巨著掀开新的篇章，汹涌的意念波涛滚滚而来，余音融进朝晖夕阳，红彤彤响彻云天外。

黑松林、红礁石、起伏的海岸线、湛蓝澄澈的天宇，海滨景观的隐喻恰到好处，作了鲁迅公园绝佳的注脚。

　　听，一声激越的号角，在观景台上空轰然炸响，黑的、白的、灰的、黄的、红的、绿的……纷纷扬扬飘落穹顶的，是爱国、进步、民主、科学的五四精神，伟人雕像在低低地吟唱……

　　春暖花开，到此一游，缺少了那个时代凛冽的寒风衬托，到底显得有些肤浅，但花开锦绣，人间温暖，却是先生的本意。

康有为故居

一

骤雨初歇。

阳光自三层德式洋楼一跃而下，落于园中翠绿的灌木丛中，谁手植的两株银杏繁茂清幽，一株刺破青天笑傲苍穹，一株若虬龙探海，弯曲着伸向东边的亭阁。

天地谁开辟？江山此玉据。

是了，红瓦绿树，碧海蓝天，足以安放一颗历尽沧桑的心。书剑飘零，他乡异国颠沛流离，终得岛城一灵魂居所，一腔豪情深沉内敛。

现世安稳，云淡风轻，挥毫泼墨间，风云化作绕指柔，铁画银钩慰藉戏中人。

那大同世界的残梦呢？一夕秋窗听雨黄昏后。

回首功名文章今何在？又见江水滔滔东流去。

二

明晃晃的光束透过窗棂，寂静的"天游堂"光影徘徊，仿佛主人还在，谈笑之声夹杂着海浪的气息。

推窗远眺,浪涛翻卷着一层层涌来,又一排排退去,发出巨大的轰响,想象更深夜阑时刻,忽而鼾声如雷,忽而呢喃如儿语,忽而梦中突然惊醒。

游客三三两两而来,或抬头仰望,或驻足瞻仰,平静的表情难以窥见内心的波澜。时光游离在石板路上,翩若月中嫦娥起舞,片片落叶悠然而下。

走出康有为故居,不经意一回头,高大的银杏树仍站在原地目送我离开,恍若南海先生魁伟的身形。料是神交已久,与我心有灵犀,不由会心一笑。

百年惊雷从心头滚滚而过……

闻一多故居

一

小雨淅淅沥沥。

"一多楼"笼罩在一片氤氲当中,犹如一首新月派的浪漫诗歌,累累藤萝遮掩了凿入墙壁的刻字。

一段拓荒的岁月,就此出发。

小楼静悄悄,屋内的红烛仿佛还在燃烧,古籍堆满书柜、桌椅,墨香淡淡散发开来。

房间正中,犹见先生伏案奋笔疾书,乱蓬蓬的长发根根直立,清癯的面容愈发深沉。

死水微澜,一头扎进浩瀚的典籍,遨游古代神话,论证楚辞离骚,求索四书五经,考据唐诗宋词,奋力找寻新时代的源头活水。

手术刀一点点剔出腐肉,亦从国学中提取养分,提振中华老病之躯。

二

两千年漫长的时光,传统已然垂垂老矣。

及至从故纸堆里抬起头,双眼已是泪光点点,历经古老与现代的漫漫长途,赤子情怀何曾磨灭半点?喷涌的激情一发不可收,古典的情愫开出清新的花朵。

低低的暮色中,《七子之歌》悠然响起,一个颀长的身影缓缓隐入遥远的天际,遁入岛城五月的花海,那是一团烈焰,激情照亮前行的路。

一副宽边眼镜,一袭长袍马褂,一条洁白的围巾迎风飘逸,五四的风骨镌刻在庭前的大理石塑像上。

心系家园故土,目视绿茵茵的草坪,整整凝望了九十二个年头。

梁实秋故居

一

四年时光,不长亦不短。

当年华邂逅一座美丽的海滨小城,命运开启一段全新的旅程,尘世的温暖被无限拉长,浓郁的生活气息发散开来。

幸福,来自内心的安逸,一年四季演绎异彩纷呈的莎翁剧本,小楼的光阴缓缓流淌。

记忆海潮般涌起,故居变得异常活跃,欧式小院沐浴着满天的霞光,红彤彤明晃晃一片。

分不出哪是海天,哪是夕阳,哪是飘飞的羽鹤,只觉心境澄明,万千意绪融入海天交界处。

美酒佳肴,良辰美景,何不呼朋唤友痛饮几杯?且向瑶台宴宾客,碧海潮生拼一醉。

二

一样的情怀,一样的意气。

以天为幕布,以海为舞台,云水间尽情飞翔,跨越对酒当歌的岁月。"酒中八仙"的逸闻没有被海风吹散,它顽强地附着在几棵雪松上,执拗地遥望远方起伏的海岸线。

每当连天的波涛滚滚而来,那些雅舍小记便迅速复活,呼啦啦自己动手搭建舞台,吹拉弹唱吟诗作赋,内心汹涌汪洋一片。

似乎并不遥远,老房子还沉浸在彼时的氛围里,一转眼,伊人便隔海遥遥相望。

海鸥飞处,空留浪花孤独徘徊,任思念诉说空蒙的雨意,常青藤爬满怀旧的小屋。

心念未了,故居的风华满天飞扬。

一枚红枫落于我的掌心。

萧红故居

一

花岗岩垒砌的围墙，严密遮挡了外面的喧闹，蔷薇从铁栅栏内冒出头来，缀满星星点点的空隙。

抓住这人生最为美好的时刻，时光稍纵即逝。

沙滩逐浪，观象山赏日，泼茶赌书春宵短，尽情地爱，潇洒地飞，满心欢喜书写永恒的年华——黄金时代。

五月的青岛，天空碧蓝如洗，院内的樱花面朝大海，身处春暖花开繁盛之境，凝眸另一个世界的起起落落。

夜深了，城市远了，乡村近了……

涛声流过天井，进入屋内，情感倾泻在三尺见方的书桌。哗，哗，哗，像海浪冲上沙滩；呜，呜，呜，又像深秋的风吹过旷野。

故乡的景物附在笔端，那些小人物时而弯腰鞠躬，时而磕头作揖，卑微得如一群蚂蚁，浑然忘记了自己的存在。

生或者死？天空阴霾笼罩，绝望中透出一丝光亮。

二

深夜的灯光,温暖着故土寒冷的冬天,也温暖着瘦弱的躯体,奋力挣脱命运的枷锁,毅然决裂之后,驻足聆听另一个世界的心跳,犹如撕裂的布帛一样惊心。

那是一个激情澎湃的时刻,生命闪耀着璀璨的光华,随心所欲创造着奇迹,大海很近,晴空蔚蓝,距离风浪还很远。

何时化作汉白玉,留得文脉一缕香?

故居还在,午后的阳光散落在斑驳的墙壁,镀上一层玫瑰的色彩,隐隐,还有茉莉花香袭来。

旧物依然,墙上的挂钟还停留在昔日的时光,当,当,当,四十年代的钟声敲响一段陈年往事,迷离而恍惚。

一座山海间的驿站,让流浪的心不再漂泊,并因此获得新生的力量。

沈从文故居

一

梧桐花开,满园都闻得到清香。

一处中西合璧的院落,南有汇泉湾的波涛翻卷的轰响,东有中山公园鸟鸣虫吟的天籁之音。

跨入静谧的庭院,感受自然与人性编织的理想世界。

拾级而上,青藤分列左右,门虚掩着,旧物还在原地等待着,它们不说话,只是仔细辨认着每位来客。

它认得主人从前的模样,熟悉他进入小院放慢的脚步,踏上楼梯咯吱咯吱的声响,以及先到书房,啜饮一杯湘西黄金茶的习惯。

还记得先生伏案写作,铅笔滑过纸面,犹如春蚕吐丝"沙沙沙"轻松愉悦的神情,墙角一只小花猫,迅疾地跑进跑出,来去无踪。

二

海上的雾气慢慢飘散,青年教师时而抬头凝望,时而低头沉思。

隐于云水背后的故事，与主要人物逐一登场，头顶一块蓝布手帕，垂下一条又粗又长、油光铮亮的发辫，穿对襟短衣，挎青花包裹，带着故乡神秘的气息，天真纯朴的她来了……

一朵山外飘来的云，浸染北九水的灵气，悬在头顶上方一动不动。

站在楼顶眺望汇泉湾，莽莽苍苍一线白，波涛层层聚拢汇合，又层层散开，浪花拍击在沙滩礁石之上，"嘭"的一声泡沫四溅，宛若一树树绽放的樱花。

樱花，开了，又谢了，粉色的花瓣纷纷扬扬落下。

何人并肩立于树下，相视莞尔一笑，双双隐入天光云影之中。

骆驼祥子博物馆

一

推开两扇黑色的铁门,主人公迎面飞奔而来。

双手紧紧攥住车把,一脚蹬地,一脚欲凌空跃起,他是在拉着黄包车讨生活,还是在愤怒声讨人吃人的社会?

答案也许并不复杂,还是问问老舍吧。

先生就在院里,有些孩子气,藏在花草丛中,只露出头部,犹如置身热爱他的人们中间。

带着金边眼镜,很斯文的样子,起身,先生将我们让到屋内。

有一百种《骆驼祥子》的版本,就有一百种悲苦心酸的痛苦经历,他怎么如此熟悉劳苦大众?先生并不言语,指指自己的心口,又调皮地眨了眨眼睛。

二

老北京市井的味道扑面而来。

汗气、脚臭气、廉价的脂粉味,偶尔,还飘过烤鸭的香气、京剧的腔调。

四合院是你的乐园，为什么灵魂常年寓居于此？先生的嘴角抽搐着，喉咙里似乎有什么硬物卡住，只吐出几个嘶哑的音节，无力地垂下了头，眼睛里的色泽暗淡了。

门口拐角处，斧钺钩叉十八般兵器赫然在目。

文人怎么还舞刀弄枪？先生瞅了瞅我，眼睛瞥向墙壁上的一幅画，白山黑水之间，灵魂自由自在地徜徉。

哦，一个清朝贵胄的后代，把心掏出来，以《骆驼祥子》深情表白，俯身做人民的公仆，他含着热泪爱着他们，就像祥子爱着他的骆驼。

辛屯钟亭

一

关帝庙消失了，钟亭依然屹立不倒。

二百年，钟声震荡，起起落落，溅起命运的一圈圈涟漪，世间悲喜相续循环往复。

钟亭快速翻阅着履历，钟声重叠汇合，不断变换着各种形式，发生在这块土地上的往事一遍遍回放，在一声声深情的告白中，它忠实地履行了自身的使命，亦品味着人世间的酸甜苦辣。

四季的风荣枯无常，枝干纵横交错，摇曳着莫测的命运……

徘徊在钟亭之中，观之愈久，其情愈殷，厚重而遥远的钟声从心间汩汩流出。

二

唯有时间是永恒的，唯有人心是公正的！

这村口的钟亭啊，见证了人间多少悲欢离合的际遇？一代代生于斯长于斯的村民，伴随青铜大钟走过起伏跌宕的一生，爱恨情仇永久地封存在四四方方的空间里。

那些有幸载入地方志的事件，难觅大钟尺寸之功，而一些普普通通的小民百姓，终生徘徊于钟亭之内，悄无声息淹没于时光的洪流之中。

而这，才是常态，亦是人间烟火的动人之处！

三

俯仰平视之间，到处都是百变的身影。

她的筋骨深入乡村的脉络，生发千姿百态的人生；她的血肉与大地融为一体，温婉的情愫绽放艳丽的花朵；她的魂魄升华为一种乡村精神，日夜守护着这片土地上的人们。

清音杳杳，何处寄托挥之不去的乡愁？

斯人何在？一抔净土掩埋了无限的风华。

红尘往事渐行渐远，钟亭拖着暗夜的长裙，徐徐隐入缀满星光的时空。

四

时光将停留何方？

或戴着瓜皮帽驾着马车匆匆赶路，马蹄踏碎晨曦的月光霜色；或袖手站立街衢，仰望日子如浮云般飘过；或手持放大镜，细细地勘验着钟亭上的花草纹饰。

眼前一一闪过各朝各代的群像。

每个人似乎都想留下自己的印记，伸手竭力抓住点什么，却被牢牢定格为时光的看客，诠释着时代不可更改的宿命。

仿佛是一个隐喻，一种敦厚的象征。

侧耳倾听，那是历史的回声，那是昨夜的清梦，顽强地绽放在灵魂深处，没有人可以置身事外，正如没有人可以走出故土的回忆。

永远堂

一

门里门外，两个世界。

十里锦绣花海，指引先人回家的路，何处安放往昔的沧桑？叶落归根，浓情似酒，三重院落雕梁画栋，祠堂当然是最好的去处。

清风翠竹摇曳庭院，爬山虎缀满洁白的墙壁，鸟雀三五成群，栖于枝丫间叽叽喳喳。

沉湎往事不可自拔，还是热切地瞻望未来？两百多年了，话题常说常新，热热闹闹如同一台台大戏。

本源皆有出处，归途无分西东。

迎着漫天的风雪，一辆小推车艰难前行，最终在一方方盐田旁停驻，循着彩绘壁画的走向，追寻一个家族起伏跌宕的命运轨迹。

二

忠厚传家久，诗书继世长。

古老的传承犹如原野上的风，拂绿水岸年年柳色，柔长而坚韧的祖训，流淌在后世子孙的血液里，金风送爽的季节何须诉说？

一条隐秘的丝线躲在暗处，时不时抖动一下，悲欢离合的际遇沾染时代的风霜，家国往事经纬缠绕，扯不断、理还乱。

也许中间还有一些遗漏，缺少了许多精彩的片段，梁间的燕子急匆匆外出寻觅了。

秋分时节，又是农家五谷丰登的日子，猛一抬头，门前的戏台热热闹闹开演了。秋日的阳光下，羊毛沟的芦花悠悠飘来……

第五辑

心灵之约

与乡村对话,与万物亲近,与广袤天地交谈。

小路

一

田埂上，水井旁，村庄外，乡间的小路无处不在。

小路弯弯曲曲，流淌着乡野亘古不变的风景，延续着四时黄绿相间的因缘。

野花攀上额头，蝴蝶飞上鬓角，小鸟在鼻梁上恣意撒欢，薄雾的轻纱悠悠地飘散，夕阳下的小路，新娘的红头绳，美丽得没有半点忧伤。

朝朝暮暮的梦五彩斑斓，乡间的小路单纯又快乐。

阡陌纵横，星雨缤纷，小路如一首清新的词令，深深扎根乡野的沃土，固守乡村的根与魂，诠释它的淳朴与善良。

夹杂麦香的晚风轻轻吹过，月光温柔得如一团海绵，清辉里的光影剪不断、理还乱，蛰伏的生命悄声交谈，旷野寂静的灵魂厚重如山，小路侧耳聆听大地朴素的心愿。

二

虫声叽叽，夜阑更深，小路伴着均匀的鼾声入睡，嘴角浮现浅浅的微笑，明明暗暗的光景，如一首舒缓的轻音乐，充盈着它宁静的梦。

春花追着秋叶落，积雪覆盖了记忆里的童年，远行的脚步声声踩在心坎上，游子的身影在黄昏中隐约闪现，焦渴的期盼年复一年，小路在追忆，小路在眺望，乡愁瞬间沦陷。

柔柔如一缕炊烟，曲曲折折的目光遥遥相对，乡间的小路，这村庄的儿女，母子血肉相连。

村庄一天天老去，乡间的小路也日见沧桑。

沧桑了的，还有悠悠的小夜曲。

胡同

如同一部老旧的放映机,镜头沙沙回放,老人摇着蒲扇,逐渐隐入幕后。

孩童尽情追逐嬉戏,从胡同这头窜到那头,再定睛一看,分明不是当初的样貌。

街巷两边常年飘着淡淡的花香,庄稼汉的脚步急匆匆走过,胡同或笔直,或弯曲,像男人耿直的性格,也像女人温婉的性情。

记忆不曾老去,那些年走出村子的乡邻,谁还能叫出名字?连耄耋老人都忘记了,只有胡同记得,脱口喊出他们的乳名,什么小虎、阿龙、春妮……

岁月渐行渐远,像一条彩色的飘带,飘进遥远的梦境,飘进高楼林立的市区。

钢筋混凝土的丛林越来越密,要不是年岁渐长,几乎忘记了家乡的存在,忘记了曾经很慢但很真诚的生活。

夜深人静,总在不经意间,胡同在我耳边柔柔絮语。

菜园

菜园长在父母心上。

篱笆围起的小院,圈住一片原生态的绿色,白菜、萝卜、茄子、豆角、韭菜、大葱……种的都是些普通的时令蔬菜,朴实,随和,一如淳朴的父老乡亲。

柳枝插起的篱笆,每年抽出新的嫩芽,粉白鹅黄的蝴蝶翩翩而来,尽情追逐属于它们的大好时光,平添了一份灵动与活泼。

柴门不用上锁,用铁丝象征性一缠,小狗摇着尾巴,瞅了一眼就到别处溜达去了。

路人实在口渴了,进去摘个黄瓜,或者拔个萝卜,园子的主人看见了,冲着笑笑,摆摆手就走开了。

菜园不大,一分来地,种植四季的蔬菜瓜果,也涵养朴素的情感。云淡风轻,俯下身,看生命轻柔地滑过,细细体味灵魂相遇的悸动。

冷暖晨昏,日子像溪水一样涓涓流淌,清新、自然、平静、简朴。生活,原本就是这么简单,不需任何点缀。

天长日久,菜园变成亲情的纽带。

经常,父母会打来电话,菜熟了,再不摘就老了,其背后隐藏的潜台词却意味深长……细思,不觉潸然泪下。

菜园,隐含着故乡诸般深情。

老屋

一

老屋如梦。

低矮的院墙,坍塌掉岁月一角,杂草顽强地冒出头来,四合院围起的天井,敞开宽广的怀抱,麻雀三三两两地来,两两三三地去。

墙里墙外,蜘蛛游弋着无忧无虑的闲暇时光,编织着一个又一个自由自在的梦。

时光隐匿了无数的章回,那些家谱里的故事早已憔悴枯萎,只有不老的情怀还深藏在墙角某个地方,屏住呼吸,瞪大眼睛注视着周围的一切。

春夏秋冬循环往复,阴晴圆缺交替闪现。

老屋眯缝着眼,双手拢在袖筒,倚在墙角懒洋洋晒着太阳,陈芝麻烂谷子絮絮叨叨,用只有自己听得懂的语言,嘟囔着一些风化的往事,懵懵懂懂跌落在时光的隧道里。

轻吻它滚烫的额头,老屋像个腼腆的孩童,飞檐翘角,心思低回,清脆的风铃憔悴在寂寞的风里。

二

夜未央，秋风起。

大风扣动兽形的门环儿，年复一年奏响悠远的古曲，铮铮然如夕阳箫鼓，深红的晚霞萦绕在屋子上空，朵朵想着自己不为人知的心事。

老屋沉默了，沉默的老屋更显忧郁，忧郁的老屋凸起傲然的风骨，倔强的眼神越发犀利，炯炯逼视着日渐衰落的村庄，静静地守候自己的命运。

月挂中天，笛音萦绕，谁在异乡的清辉里独自回首遥望？渺渺茫茫中，屋檐下淅淅沥沥的思乡曲，不可遏止地疯长、泛滥。

故乡，一条缀满星光的河，汩汩淌过村前的小溪，在一棵几人合抱的柳树旁，回转身，冲我慈爱地一笑。

在每一个辗转反侧的夜晚，老屋悄然来到我身边，百年的月光未曾谋面，百年的情缘古朴悠远。

百年的魂魄，醉倒在家门口。

老相框

一

旧日时光藏匿何处？

老相框消失了很多年，要不是搬迁整理全部家当，还真不知躺在箱底沉睡多久，像一件出土文物，在现代化的阳光下惴惴不安。

拂去灰尘，注视良久，蓦然重现一双双温暖的眼睛。

身后的小狗汪汪叫着，当年追风的少年一溜烟爬上了梧桐树，那个梳着马尾辫爱笑的小姑娘，是否还在追寻青春的梦想……

世事浮在光阴之上，憧憬变得五彩斑斓，相框外的世界取代了相框内的风景。

爷爷奶奶一脸慈祥，隔着一层玻璃依旧笑容满面，舒缓的乡村小夜曲缓缓流淌，老相框嘴角闪过一丝笑容。

二

沿着梦乡熟悉的小径，记忆顽强地穿越时空，定格四四方方的农家院落，墙角的四季梅忽然抖动了一下，温

情向四周荡漾开去，

怀旧的景致深藏眷恋，美好的情愫自顾自沉醉，口琴吹皱心湖的涟漪，春风里的旋律生生不息。

听得到的喧哗，雪落屋脊，檐下滴水；嗅得到的气息，清朗如月，月季花开。

哦，老相框，我的感动源自你的坚守，你的坦诚延伸我童年的纯真，岁月的小溪清澈透亮，冷暖交替的季节何能自已？

仿佛习惯了安静，老相框还是一声不吭，慢慢地合上了眼睛。

春天的梦

像吹散的蒲公英,春天的梦恬淡而柔软。

一如明媚的阳光,春天的梦热烈又欢快。

春天的梦在小河里酝酿,在田野里扎根,在杨柳梢头悄悄萌芽,在心头自然而然开花结果。

柔柔的,软软的,轻拂面庞的风儿痒痒的。

冰雪融化,语言复苏,鸟儿唤醒了僵硬的思维,枯草褪去冬装,那绿色的憧憬汇聚成一汪清泉,滋润着干涸的心田,彰显青春的力量与朝气。

春暖花开,鹿鸣翠谷,亘古不变的节令如约而至。希冀和梦想击掌相视一笑,呐喊着,欢呼着,沿着千里沃野一路飞奔向前,全然不顾沿途秀美的风光。

春天的梦里闪过无数"蒙太奇",春天的梦里都在做着同一个梦。

早春二月

二月，草未绿，花未开，窗外更有几朵飘零的雪花，但我，不是以一种苍凉的心态看待你的。

春光依然清瘦，可谁又能否认她的日渐丰满？无声无息，逐渐暖热你温馨的记忆。

呼啦啦的风本身就是一种召唤，跨上神异的骏马，你就是潇洒风流的骑士。

激情如飞，驰骋在碧草如茵的千里草原，那嗒嗒的马蹄，踏出了一个个灵动的音符。

风中，太阳下，总有一股按捺不下的激情。

想象中的二月，是希望，是憧憬。闭了眼，先沉醉了自己。

三月礼赞

一

三月，大赦的囚徒。

砸碎禁锢的镣铐，踉踉跄跄飞奔着跃出牢门，春天欣喜若狂，振臂高呼：自由了！

自由是天上的白云，飘来飘去无拘无束；自由了的还有窜出家门的孩子，扯着风筝长长的丝线，在绿油油的麦田里奔跑、打滚、嬉戏。

抓一把欢笑的种子，抛洒得花花绿绿、漫天飞扬。

犁铧翻开冻土，心也从冬眠中醒来，季节伸出冻得发红的小手，抚摸着大地苍凉的脸颊，睫毛上挂着的一颗泪珠，在这柔软的夜里开始滑落。

二

三月，一座正在生长的山峰，信念隆起，理想日渐丰满，张扬着生命蓬勃的活力。

举目远眺，情怀在山海间时隐时现，远方闪耀着魅力的光波，那是纯真的心灵。山涧清澈的溪流，童稚荡起欢快的涟漪。

叮咚，叮咚，山水娴熟地奏响清新的竹枝词曲，春水融化了冰雪，杏花素雅了词心，而日日不安分的诗魂，你要我到哪里去寻找？

牧童在牛背上一闪，夕阳捧出一颗赤红的心，黄昏瞬间优美得无以复加。

三

河边的垂柳比水鸭更敏锐，最先捕捉到早春的气息。像一位彬彬有礼的绅士低头弯腰致敬；又如美丽的千手观音，绿色的手臂演绎着无边的风情，拨动晴空下悠扬的序曲。

金鼓铿然奏响，春天，在三月热烈的迎宾曲里闪亮登场。

诗歌、梦想、远方，一并在眼前清晰明亮起来，印象派的画面暖意融融，一缕春光直射肺腑，一场青春的舞会正式拉开了帷幕。

阳春三月，谁愿意失约？

春暖花开，没有人拒绝！

四月宣言

一

万物复苏,轻轻拨动心弦。

春暖花开,心中一片清明。

这一汪柔情的海,与鸥鸟、浪花、琴音为伴;这一片心灵的绿洲,与风雅、诗心、阳光同在!

春光明媚,仿佛听见花开的声音;清风徐徐,宛若敦煌的飞天飘飘欲仙。

铮然一曲《云水禅心》,神游物外,不染一丝纤尘。

水云间,指上舞蹈,彩蝶翩翩;水云间,素心氤氲,琴声缥缈;水云间,心音流淌,春光冉冉。

三尺平台,沟通万水千山;二十一琴弦,连接云海高天。

恍然谁在江南遥望?

二

意念来自两只古典的蝴蝶,翩翩从唐诗宋词中飞出,轻轻掠过山野的边缘,款款飞在春光的中间,飞得悠闲,飞得惬意，飞得顾盼生辉。

细雨蒙蒙，紫燕呢喃，蛰伏一冬的词心诗魂蓦然醒来。杏花枝头晶莹剔透，最是那娇嫩的一蕊灿黄，吐露温婉轻柔的情愫，缕缕芳华飘来阵阵馨香。

红尘幽梦，谁人倾心与共？

三

伊人，在水一方。

水，至清至纯；水，至刚至柔。水生万象，皆入心怀，摇漾于中，化而为诗。

这里，奔腾着大江东去的波澜，呼啸着金戈铁马的英雄豪情；这里，摇曳着小桥流水的婉约，流淌着东方玉人的纯美与静谧……

花开花落，一江春水向东流，流不尽春天的眷恋、四月的芳华。云卷云舒，奔流到海不复回，卷走了似水的年华、青春的风姿。

四

知音难遇，幸而诗词为伴；一晌清欢，道不尽人间温存絮语；半日清闲，载不动红尘无限深情。

一曲未了，《高山流水》又奔腾而下，心有灵犀，足慰平生烟雨。

沿途的景致，深藏于心，岁月的馈赠，萦怀感念。一朝诗情惹飞絮，须臾鲜花缀满枝，春风含笑，万千风情，尽付一个娴雅缱绻的午后！

春天的梦里有开不败的花儿，钟声在心头霍然敲响。

心拥万象，只把清风明月抱襟怀。

五

这是一处广袤的海洋。

水天一色，这动情翻卷的浪花是谁清澈的眼神？汪洋恣肆，这一泻千里的气势，是谁狂放不羁的性情？海纳百川，这包容世间万物的胸怀，是谁澄明的心境？长风万里，这翱翔鸣叫的海鸥，又是谁飘逸的思绪？

人间春梦，唯情而已！

流光容易把人抛，春且住！

今天，跨越万水千山的羁绊，我们长存一份美好的憧憬，找寻一颗失落在滚滚红尘中的初心。

拂去表面的灰尘，燃亮心灯，让纤细的神经重新找回幽微的感觉，静静体味禅意莲花的微笑。

六

大海作证，蓝天白云为媒！

在茉莉花袅袅的清香中，在琴声悠扬婉转的曲调里，在面朝大海春暖花开的吟诵下，无边的春意渐渐弥漫开来，温柔而湿润，真诚又纯净。

风华充盈精神世界，挚爱温暖彼此的内心，春天一展娇媚的容颜，一把桃花扇风情万种，优雅地呈现春日蓬勃的生机，粉白、金黄、淡红融入风雅颂绚烂的花海。

世界那么小，这是我们共同的舞台。

天地那么大，茫茫人海你我皆有缘。

人间有梦，梦里花开，缕缕情思缠绕，丝丝天籁入耳。在这销魂忘情的时刻，让我们敞开心扉，放飞梦想，在浩荡的春风里尽情陶醉，给蓝天大海一个深情的拥抱，

鸣叫的海鸥吻上额头，就让带有体温的诗句，化作一朵朵洁白的云彩，飞向遥远的梦乡，照亮四月湛蓝的天空。

春日风波

我与春天有个浪漫的约定,春风过处样样都要与众不同。

若要清新——除非白蛇的泪化作澄澈的西湖水,蒙蒙细雨一直下个不停。

若要凝望——就像梁祝的目光深情缱绻,碧草芳菲的对视无声胜有声。

若要憧憬——宛如杜丽娘听见自己咚咚的心跳,万紫千红的景致化作一缕馨香。

清晨,雨丝淋湿杏花姑娘的发髻,紫燕双双贴着地面疾飞;午后,春光成了大众的情人,蝴蝶翩翩从前世飞到了今生;黄昏,宁静的庭院树洒下斑驳的树影,月光轻柔地拂过柳絮的梦。

春天,又一次不动声色地失约了。

清明

灵魂呓语

正是东风浩荡之时,纸鸢飘飘摇摇,牵引节日悠长的思绪。

黄土生发希望,也湮灭红尘春梦。坟茔无语,永久隔绝了两个世界的念想,无限风华静默,集聚于狭小的一隅天地。

天眼蓦然洞开,远古的巫师披头散发,奋力挥舞着手臂,口中念念有词。

细雨洒落江天,喃喃犹如神语,它知道时序节令的更替,更懂得人情世故的传承。

血缘打开家族的密码,思念沟通天上人间的讯息,恍惚迷离之间,亲情庄重走来。

柳丝纷飞,杏花微湿,淡淡的风中,缕缕情愫氤氲宁静。

因了唐诗的浸润,短笛声中草长莺飞,哀而不伤,温婉凄迷。这清明的雨啊,一下就是上千年。

你尽可追思,你尽可凝望,只是别辜负短暂的生命。

这个季节,草木刚健而旺盛,人心丰盈又饱满。

生命追思

英华沾衣,芳草萋萋,仿佛开启一段春天新的旅程。

柳枝抽出嫩芽,狐兔出没巢穴,无论天涯远近,来的终须来,去的终须去。

始自明明暗暗的香火,止于袅袅升腾的纸烟,最终,一切归于沉寂,归于郊外三两行深深浅浅的足印。

空气里的清香若有若无,这温润的泥土啊,掩埋了多少离愁别恨,而今不发一言。

想必,冥冥之中自有神明,那一双双饱含泪水的眼睛呵,深情俯瞰着这人间万象,如风中之鹞,久久盘桓着不肯离去。

更像是一出时光的剧本,清风杨柳争翠,虔诚与敬仰同在,孰为主人,孰为看客?一树昏鸦缠绕!

传承断断续续,记忆难免缺失,蛛网编制的经纬密密实实,覆盖了所有的段落章节。

一年一度春风,传统不死,精神不灭。

端午

一

汨罗江的涛声仍在回响,如同两千多年前的一个秋夜。

秋风瑟瑟,芦荻萧萧,香草美人也拯救不了家国的魂灵。远远听见女巫的歌唱,在岸边,在水中央,在幽暗神秘的汨罗江心,从巨大的旋涡里幽幽冒出。

山鬼也不甘寂寞,对面山上打着凄厉的呼哨,犹如凛冽的北风吹过无边的旷野。

那好,就将《离骚》作为见面礼吧,心是真诚的,赤足是真诚的,披头散发也是真诚的。

除了哗哗的江水,四周死一般的寂静,依稀可见江边几许渔火闪烁,随风传来渔夫一声幽微的叹息。

谁,仰望苍天,发出一声声泣血的追问?

二

清晨,采集草尖上的露珠,捧在手心濯洗一双明目,世间的忠奸善恶终将一一现形。

闻一闻艾叶的清新,品一口糯米的香甜,饮一杯辛辣的雄黄酒，巧手系上五彩丝绳，浓郁的民俗氛围里独自沉迷。

一个人，一条江，一个节日。

怎么也想不到，身后的哀荣竟然如此隆盛；怎么也想不到，这就成了一个民族浩大的仪式。

隆盛，意味着虔诚的信仰。

浩大，离不开大众的狂欢。

或许前世太冷清了，汨罗江上龙舟千帆竞发，光着膀子的汉子们奋力挥动手臂，咚咚锣鼓声中，两岸的欢呼此起彼伏。

五月初五，追寻崇高，追寻良善，追寻绵绵不绝的诗情。

红天鹅

一

红的花，绿的叶，黄澄澄的果，蓝汪汪的湖面水波荡漾，飞扬的灵魂五彩缤纷。

红天鹅，优雅地在水一方，低头梳理羽毛，镜中的淑女静谧安详。

心灵倏地掠过一道闪光，平静的湖面陡然升起一团火焰，双翼击水，振翅高翔，高傲的头颅引颈高歌，歌声激扬高亢。

上下翻飞，舞姿翩翩，那激情的挥洒，舞动飞天绚丽的梦想。盘旋，俯冲，翱翔，气韵灵动，一气呵成。

二

美丽的天鹅湖，千古不朽的吟唱，唐诗宋词的余韵绵长悠远，回荡在杏花春雨的江南小巷。

诗人呵，你独具红天鹅别样的神采，有着同样圣洁的灵魂，悠长的思绪随春水流啊流。

美好藏于内心，优雅伴随左右，春天里顺风顺水，就这样蓬勃起航，缓缓驶入艺术的永恒港湾。

　　快乐自有你的天堂，披着红盖头的新娘，在美的极致里，在春风沉醉的晚上，共赴此生的心灵之约。

细雨乡村

一

村庄笼罩在一片迷蒙之中。

千万条丝线织就密密麻麻的雨幕,轻柔地环绕在房檐、屋顶上,远山、近树、村舍朦朦胧胧。

乡村安然睡着了。

雨还在飘着,像尘世的梦,散淡悠远;又如一首清纯的词令,蕴含着淳朴的意境。风雨洗濯,平静如常,灵魂独自醒着,清澈而透明。

三两把雨伞慢慢漂浮着,旋转着,像朵朵盛开的莲花,粉红、洁白、淡黄,装点着寂静的天地……荷塘是一条条胡同,左拐右拐就不见了。

门吱呀一声开了,沉闷而响亮,外面,好一个清凉的世界,赤脚踩着水花,一种久违的情感漫上心头。

二

小雨淋湿了头发,模糊了视线,氤氲了淡淡的思绪,仿佛西湖三月的柳丝,飘飘悠悠,挥之不去。

傍晚，家家户户的烟囱开始冒烟了，没有风，炊烟慢吞吞升腾，如团团悬浮的云朵，经久不散。

灯光亦亮起来了，黄晕晕的，映照在滴水的窗户上，雨顺着径流缓缓而下，屋内传出的话语似乎也沾上了湿气，时断时续，或有或无，最后都归于沉寂。

柔情缱绻，私语呢喃，蒙蒙细雨中，村庄显得愈发静谧。

她微笑着，她静默着，只有在此时，才显露西子的容貌气质。

盛夏情怀

蝉声如织,蛙鸣如鼓。

或清丽淡雅,或浓墨重彩,杨万里的荷花随意铺陈渲染,蜻蜓也不失时机从南宋飞来,带着吴侬软语独一无二的韵致,这是它不可更改的宿命,亦是它荣光之所在。

这个夏天,古典而活泼。

隆隆的雷声似乎提示着什么。

渴望一场雨,酣畅淋漓的精神洗礼,滋润干渴的土地,抚慰枯萎的心灵,夜雨循径而来。

唰,唰,唰,清夜竹子拔节,乡野花草的清香在晨雾里弥漫。

簌,簌,簌,寒霜落于瓦上,猫儿蹑手蹑脚走过,时不时回头张望,动作愈发轻巧灵便。

沙,沙,沙,年轻的母亲轻抚婴儿,嘴里轻轻哼唱着摇篮曲,一脸的笑容恬静而安然。

啪,啪,啪,雷声闪电引爆激情,千军万马喧哗着一路奔泻而来,遥远的梦境宏阔而盛大。

无数双渴盼的眼神,聚焦风情万种的夏日,聚焦一览无余的盛夏情怀。

蝉声清亮

一

灵动，飘逸，俊朗，嘹亮。

仿佛一夜之间，蝉鸣从树梢上长出来，炎炎烈日炙烤下，热情一发而不可收。

绿意葱茏，蝉声绕耳，一任展开想象的翅膀，尽情翱翔在故土田园的上空，家乡的风物一一在眼前闪现。

悠悠蝉鸣，清亮如斯，时光流转，今夕何夕？

眼前的楼群模糊了，幻化为门前高大的梧桐树，蝉声密匝匝地泼洒下来，爷爷奶奶坐在树底下摇着蒲扇乘凉，眼睛时不时望向村南的路口。

一条温情的小溪在心间肆意奔流……

二

朴素的感知亘古未变，犹如一针清凉剂，麻木的神经重新变得活跃。

那高一声低一声，一浪盖过一浪汹涌的激情，使我确信：村庄没有老去，依旧正值朝气蓬勃的青春年华。

宏大的合唱此起彼伏，犹如垂下一张密密麻麻的大网，遮盖了世间的平庸与冷漠，袒露真诚而热忱的一面。

正如生活不能没有艺术的滋养，盛夏酷暑时节，同样离不开这铺天盖地的声浪。

你听，一树树的欢歌豪放大气，刹那燃爆整个三伏天，演绎出生命无穷无尽的活力。

你看，美妙的男高音挂在树梢，与红彤彤的晚霞齐飞，诗和远方可不就在眼前？

一曲乡愁的恋歌在心头轻轻荡漾……

倾听天籁

夏雨如期而至。

如万马奔腾在一望无际的大草原，铁蹄卷起团团翻滚的波涛，汹涌着喧嚣而来。

像婴儿温润的小手轻扑面庞，酥酥的，麻麻的，忍不住想咬住亲一口。

闪电，这突如其来的灵感，明晃晃照亮一个混沌的世界，豪放之中不乏婉约，激情叙说夜色下的原野、村庄，还有婆娑摇动的树影，以及树下避雨的小鸟。

雷声，农人心底的渴望，不知悄悄蛰伏了多久，也不知虔诚地祈祷了多少回，终于在夏日的黄昏轰然炸响。

蛙鼓不知从哪儿冒出来，起初试探性地一两声，瞬间前后左右响成一大片，大合奏此起彼伏。荷叶上的水珠骨碌碌滚动，如一串串美妙的音符滑过，晶莹圆润。

隐隐听见蝉的嘶鸣，潮湿而局促，稚嫩却坚定，这是时令转换的标志，盛夏第一声直白的宣言。

路旁，一枝牵牛花娇艳欲滴，柔软秀口轻吐，不知羞涩地说着什么。

大地听得懂她清新的絮语。

芦苇情思

一

一簇簇，一丛丛，一片片，郁郁苍苍，猬集而生，清瘦的筋骨坚韧挺拔，繁茂而纯净，秀水独清幽。

苇荡纵横，大小湖泊星罗棋布，团团绿茵茵、雾腾腾的气息，湿漉漉地萦绕在家乡上空，滋养着故土淳朴的灵魂。

它欢呼着，跳跃着，清纯的眼神对应着蓝天白云，鼓荡起春风浩荡的情怀、杏花春雨的心绪，姹紫嫣红飘过。

苇荡如梦，亦真亦幻。

二

童年的歌声被鸟儿衔走，儿时小伙伴的身影在眼前闪现，水岸只在依稀的梦中……我站在故乡的门槛上，再也迈不进从前。

给我一丝遐思，飞向遥远的一泓绿洲，给我一束晨风，听懂旭日清新的絮语，给我一个莽苍的背影，让时光静静地沉淀往事……

一股浓浓的不可名状的思绪渐渐弥漫开来，耳边，仿佛幽幽传来一首歌……

三

渔歌和着节拍，嘹亮而悠远，低沉又悲怆，初起高亢，渐至无声。

芦苇荡，梦中的故乡，我祈愿一苇渡江，凌波微步，轻轻来到你的身边，偎依在你的怀里，做一生一世的轻梦，落英缤纷，意彩纷呈。

或者，干脆做一根会思考的芦苇，在异乡水波潋滟的湖畔，遥想你的葱郁与苍翠，追忆你青春不老的容颜，感知你无处不在飞扬的神采。

四

青青的芦苇穿越时空，永久的思念疯长成一片望乡的丛林，片片芦花枕着洁白的思绪悠然徜徉，双双对舞的彩蝶恍然追忆着前尘旧梦……

芦苇，粼粼有声，柔韧的风骨昂然挺立，托起故乡一段陈年的景致与怀想。

时光，慢慢悠悠，像一条斑驳的渔船，历经岁月的沧桑，蹚过家乡记忆的小河，缓缓驶入心灵的港湾。

赵家岭，我魂牵梦萦的故乡！

秋日野趣

一

魅惑无处不在。

木槿、矢车菊、喇叭花、牵牛花……各色的花儿红的明艳，黄的璀璨，紫的淡雅。这儿一涂，那儿一抹，看似无序，一切都恰到好处。

叫不上名字的花，开得最灿烂。

大自然才是名副其实的调色师。

一块块不规则的盐碱地，经太阳一照，泛着耀眼的白光，灼灼夺人眼目。

荒野就是一面镜子，也许迷失得太久，镜中的模样连我自己都感到陌生。

碱蓬燃烧着火热的激情，芦花顶一头飞雪，我却正当中年。

恍然时光倒流，仿佛回到了孩提时代。

模模糊糊，混混沌沌，我忘记了自己。

二

荒野暗流涌动。

蟋蟀、蝈蝈以及一些藏在暗处的秋虫,大白天唧唧响成一片,像宏大的合奏,又像一场场独具特色的个体演唱会。

舞台,就是一丛丛芦苇、一簇簇野花、一汪汪清泉,几只长嘴鸭翩翩起舞。

多久没有倾听了?

幸好,我还保留着原始的听觉,遍野和声,悠闲舒缓,阵阵天籁之音,脚步也变得轻盈起来。

亘古的荒野,闪耀自然的光芒,需要心神俱宁,用心感悟。我把自己交给自然,交给原野花香。

天堂,就是乡野之中的吟唱。

生命更需滋润。

三

如风中之眼,一两处人工的痕迹赫然在目。

早年堆起的平台,突兀地立于野外,草根裸露,一条小河环绕四周。

老来孤独谁为伴?麻雀是这儿的常客,偶尔喜鹊也光顾片刻,更多的是野兔、蚂蚱,它们是这儿的土著,向来大摇大摆。

踟躇于一角院落,石头垒砌的小院早已荒弃,爬山虎的触角重叠堆放，那么自然，那么触目，仿佛神祇的启示。

它在低语吗？它在沉思吗？

我望向它，它也定定地注视着我。

废墟里开出紫色的喇叭花。

四

远离都市，远离喧嚣，远离俗世的荣辱。

一缕风都是惬意的。

荒野，一处抚慰心灵的场所，我像一只迷途的羔羊，一头扎入。

蓝天白云，须发飘飘，生命向来五彩缤纷，这是荒野不变的秋天。

与心灵对话，与万物亲近，与广袤的天宇交谈。时光已老，还是年华已逝？

走进荒野，走进记忆的梦乡，走进沉默的岁月，内心丰盈而充沛，诗情变得汹涌澎湃。

本真，都去哪里了？我在临水的苇丛寻寻觅觅，一只小蟹子爬出巢穴，瞅了我一眼，倏地又缩了回去。

面对荒野，我的诗行像断了线的珠子，禁不住泪流满面。

明月遐思

一

一轮明月照彻古今，何处的笛音悠然响起，古典的情愫瞬间复活。

海上生明月，天涯共此时。

共同的期盼，遍洒人文的光辉，此刻，无论身在何处，思念执着地跨越万水千山，在一轮明月下相遇相知，因了这份缠绵的心思，万里不再遥远。

海是客观的，也是主观的，可以是平滑如镜的水面，也可以是皎如朗月的心湖。古往今来，这一份明月里的情思，不知感动过多少天涯过客。

江天一色无纤尘，皎皎空中孤月轮。

张若虚以一首《春江花月夜》，演绎出人生的无边风情和对宇宙的无限哲思。人是孤单的，明月是宏阔的，它贯穿古今，有限的生命里，无限的风华垂顾眷恋，天朗气清，夫复何求？

那一刻的江边，该是多么流光溢彩；那一轮高悬的明月，勾起了游子多少淡淡的愁思？淡淡的，如明月周遭萦绕之云朵，万古河山仍在，只这一份美丽眼波流转。

但愿人长久，千里共婵娟。

月逐流华，盈亏有定，豁达的苏东坡深知世间的阴晴圆缺并不以人的意志为转移，不必为此伤感，更不必为此惆怅。

天道无情人有情，花好月圆，转瞬即逝，终究还是在心底发出一声幽婉的叹息。明月在上，生发出普天下最诚挚的祝福，温暖了尘世的月光。

二

明月是含蓄的，她不言不语，只是笑吟吟望着你，你可知，她沧桑的容颜历尽了多少岁月的沉淀？

为了这一刻的美满，她一点点积蓄力量，不管风雨，不论古今，循环往复，给人以启迪，予人以温暖与希望。

轮回的四季有风，有雨，有晴天。行走大千世界，难免困顿失意，且将情思寄托于天上的明月，人生的感悟化作晴空的絮语。

苍穹之下，明月映照心底，宛若亭亭一株清莲，心扉敞开，一切都是温婉、纤细、透明的，还有什么话语不能倾吐？还有什么心事不能消融？

我听到了，诗人心底的吟诵；我看到了，诗人笔端涌动的思绪。明月触发了灵感，也读懂了他们百转千回的心思。

悠悠千载，明月幻化为一张诗词的名片，因了唐宋风华的浸润，一时无比清爽。月圆之夜，谁人与我同在？因月结缘，神交古人，今夜，邂逅优美的情思。

莹润光洁，熠熠生辉，此生有这一轮明月洗濯情怀，幸甚！

秋分

蝴蝶追逐繁花的清香,西风吹奏落叶的凋零,远去了,阴晴圆缺的季节,秋,沉思着卸下浓妆,临水照镜,细细打量自己的容颜。

迅疾如飞的年华,你为何行色如此匆匆,美丽的百灵鸟飞向了何方?月光呀月光,你曾经皎洁的容颜为何如此沧桑,谁放逐了你最初的梦想?

五谷的香气尚在,还没完全飘散,悠悠吐露大地的芬芳,一半留给过去,一半展望未来。

清秋放歌,去意彷徨,层峦叠嶂的希冀忽而高亢,忽而低沉。秋分,执拗地将年岁一分为二,月圆之夜,蟾宫中舞动霓裳,清辉独照,带不走一丝怅惘。

一夜无眠,思绪信马由缰。

此刻,我站在黎明的地平线上,将一缕晚霞挡在路旁,却也错过了别具一格的风情。

今日秋分,冷暖交替,白昼与黑夜彼此相望,两道长长的睫毛屏障左右,亦真亦幻,云遮雾锁半世风霜。

秋之歌

　　季节伸展斑驳的纹路，晚秋深藏花团锦簇的流年，渔歌隐隐，江湖渺渺，午后的天空更加高远，端坐窗前，青山妩媚静如一幅文人画。

　　思绪悠长，月圆花好，不经意收获一个丰收的季节，岁月大写意描绘窗外的风景，恍然一梦醒来，江河万里奔腾，涛声自指缝缓缓穿过。

　　故乡，就是一场美丽的邂逅，异地他乡，又怎能忘记柳丝婆娑的门前水湾？

　　分明行走在江南水乡，穿过月亮门的精神家园，无边的风华浓缩成一角院落，何处流泻婉转的鸟鸣？

　　唐诗宋词助兴，此刻的你，把心事徐徐展开，乘兴倒入一杯郁金香美酒，邀请月光，邀请诗仙李太白，举杯痛饮秋天的风雅，枫叶分明比往日更加红艳。

　　秋歌跃上蔚蓝的晴空，朝着遥远的天际，飞向艺术人生的源头。

深秋意蕴

一叶落而知天下秋，意念浸染深深的秋色。

猿啼鹤唳秋意渐浓，飒飒西风触目伤怀，一夕感念嶙峋瘦弱，光阴凋零人何憔悴，漫天纷纷扬扬的思绪流离辗转。

一花一叶一佛陀，一山一水一清荷，天涯往事渐行渐远，故乡隐隐约约在望。秋声不避远行人，异乡的灯火明明灭灭，屋檐下的雨滴淅淅沥沥。

一地黄花憔悴堆积，韶华在秋风里枯萎翻卷，容颜易老，转瞬百年，深秋的黄昏，唱着一首苍凉的歌谣。

鬓发如霜，揽镜回首，秋风一阵紧似一阵，晚霞里的钟声阵阵颤鸣，独自回荡在萧瑟的长亭，古老虔诚的仪式里，一次次怅恨离别。

西风烈烈，雁叫凄凄。

谁在仰天长啸？谁在临水伤怀？

怆然时光一梦！

天边 那一抹浅蓝

你走了，天高云淡，那一抹浅蓝独自挂在天边，白云悠悠，清风徐徐，多像你四时不变的笑脸，蓝天下摇曳暮春的眷恋。

你走了，来不及挥手，空留那一抹浅蓝，宛若飞鸿翩翩，轻柔划过故乡有情天，带走了秋日无尽的思念。

你走了，不再凝望，天边，那一抹浅蓝，你生前钟爱的画面，孤独地停在你熟悉的田园，晴空下永不再动。

那一抹颜色渐渐淡了，谁来涂抹你永世不变的爱恋，慰藉你尘世的渴盼？

天气晚来秋，波光粼粼，闪过你淡蓝的影子。我，海面孤独的守望者，眼前一遍遍滤过往日的时光。

北风

一

默默地,我们走着,路,伸向远方。然而,我们最终要接受北风的洗礼。

终于,你打破沉默。你说,只有在北风里,人的头脑才是最清醒的,不至于在白天将太阳看作月亮,更不至于在晚上把月亮视为太阳。

我炯炯的眼神分明告诉你,北风是不折不扣的审判官,他无情地剥去了谦谦君子的外衣,裸露真实而可憎的面目。北风呜呜地咆哮着,狮吼虎啸般。

在一条小路路口,我停住了脚步,纵横的小径条条通向终点。

我会心地一笑:北风里人是自由的,往东就往东,再不用担心河水阻路;往西就往西,更不用顾虑车队人流……东南西北,前后左右,有的是自由的选择。

二

凄厉的北风呼啸着,天地,融为苍茫的一色。

你执拗地望着我:"北风里的眼睛最深邃。"

我怔怔地注视着你,弥漫的风尘中,露出两只岁月的眼睛,我的视野透过莽莽林海,在一棵几人合抱粗的大树底下,看到一只火红的狐狸。

你微微地笑了,北风吹走了你少年的梦幻,呈现一个明亮的世界。隐隐,游丝般的颤动传入耳鼓。

你轻声地告诉我:"北风里的声音最美。"

听!你屏住呼吸,我眼睛也一眨不眨。茫茫荒野,鸿雁长飞,我迫不及待地迎了上去。

北风,传来你悠长的回音。

我听清了:历史,就像一场凛冽的北风,枯萎的永远衰败,常青的永远盎然!

雪花

一

下雪了!

你的眼睛湿润了,眼前又浮现出年迈母亲的两鬓飞霜,银亮银亮的,丝丝缕缕,渗出和煦的春风,激荡你少年的情怀。

你说,清明节那天,飘着毛毛雨,你柔肠寸断,看到一只只白蝴蝶伴你翩翩起舞。你记住了,雪花承载着不尽的哀思。蹦蹦跳跳的小精灵无声地滑落。

你的眼睛放射出奇异的光彩,你趴在我耳朵上,偷偷地告诉我,你想起了孩提时代那段美好的回忆,多少年了,依然为之神往,为之陶醉。

那是一首纯情的诗,一幅不着彩的山水画。

我长长的睫毛忽闪着,心绪早牵到了儿时放飞的风筝。如今,丝线断了,你可看到孤行的大雁正艰难地追赶着同伴?

二

漫天飞舞的雪花,朵朵冰清玉洁。如电光石火,灵感蓦地在我脑海闪现。

你笑着告诉我,天空是最纯洁的仙女,容不得凡世的一丝纤尘,因而披一身白衣。当泥浆溅满她圣洁的衣衫,她无声地哽咽了,晶莹的泪珠化作江南啼血的杜鹃。

洋洋洒洒的雪花融化在你滚烫的脸颊。

你深情地告诉我,你嗅了沁人的清香,找到了你唯一的知己——梅花。从此,热烈的相思在你心田荡漾。你喃喃自语:"今生今世,她是我唯一的挚爱……"

我痴痴地一站就是半天,真想是一座汉白玉石雕,年年岁岁,岁岁年年……深情地倾诉一个动人的传说。

石头吟

都市之困

石头是金丝笼中的鸟,戴着镣铐跳舞的囚徒。

一只无形的手操控着,辗转在都市各个角落,按质论价供人赏玩,堂而皇之冠以艺术的名片,每每沦为金钱的奴隶:白天一身浓妆艳抹强作欢颜,夜晚暴露在耀眼的镁光灯下,精美如斯,残忍之极。

夜深人静,星光暗淡,石头不禁悲从中来,开始怀念家乡,怀念连绵的群山,怀念啁啾的鸟鸣,怀念山间哗啦啦的流水,还有大山里清新的空气。

而这里,只有污浊的铜臭,贪婪的目光非黄即白,映照张张扭曲变态的脸。

分明有什么模糊了双眼,石头心头涌动原野的情怀,张了张嘴想唱首牧歌,嗓子暗哑,火辣辣地疼,它的心在颤抖,在滴血。

山间劫难

翻手云覆手雨,翻来覆去,无非"利"字旋转。

石头忍无可忍,知道自己只是工具,没有"石格",遑论尊严,只好屈辱地苟活着。

石头几次想做个彻底了断,谁知道头比墙还硬,尝试了几次无功而返,刹那间彻底无语,不禁泪流满面,石头感到自己的心已然结冰。

情感既已凝固成千里冰川,还有什么能激起内心的波澜?

石头什么都不像,只像石头。

石头什么都不是,就是石头。

经济挂帅,金钱开路,想象力挑战人类极限,石头幻化为世间万般,或山川草木,或虫鱼鸟兽,人情百态,可人的,温柔;无语的,贴心。

一望无际的大山,怎堪漫山遍野锤凿斧砍,锋利的尖刀开膛破肚,硬生生地剜却心头肉,山风凄厉地呼啸,盖过野兽的嚎叫。回首往事,锥扎心尖,石头在默默地哭泣。

自然之殇

今夕不知刮起何夕的风,风雅轻摇羽扇粉墨登场,启迪心智的絮语犹在耳畔,拯救灵魂的重担又压在肩。

急匆匆一番乔装打扮,赞之为绝世翡翠美玉,暴富的神话众口相传,传之久远,江湖掀起滚滚热浪,铸就资本市场的不朽传奇。

这样的恩赐不要也罢，这样的荣耀非我所愿！

石头是人类远古的朋友，朋友使石头失去了家园，石头未变，人心在变，熟悉的朋友变得陌生狰狞。是否大难临头才重新发现？石头沉默寡言心肠很硬，竟然还有比石头更硬的心肠！

为了得到不择手段，硬把摧残说成鉴赏，一遍遍无耻的谎言，不知重复了多少年。

眼光局限于斗室，哪管身后洪水滔天，任由内心的欲望泛滥，自诩宇宙间唯一的主人，万物之灵何其愚顽凶残！

梦境呓语

石头是大山的血肉，大山是地球的筋骨，地球是仁心的家园。

石头曾经昂扬奋发，稳稳立于群山之巅，高唱一曲大江东去，俯瞰岁月慢慢走远。

惨白月色触动谁的心事，山中岁月杳如梦境呓语，未语先哽咽，心曲谁与诉？静静百行泪，愁肠千千结，石头号啕大哭，拼尽全力呐喊，除了朔风怒吼，什么都听不见。

石头说，我渴望自由，渴望摆脱沉重的枷锁，渴望看到蓝莹莹的天。

石头说，我渴望温情的注视，渴望一双抚摸伤痛的手，渴望回到大山母亲的怀抱。

石头说，喜欢我就不要伤害我，这样的爱太自私太贪婪，这样的爱太残忍太危险！

思前算后，权衡利弊，朋友，放手，还是放手吧！不仅仅是为了我，更是为了你。

四十不惑

一

时光之手轻轻拨动心灵的琴弦，忧伤如片片静美的枫叶，无声无息飘落。

那小提琴缠绵的私语，慰藉谁苍凉的心绪；那随风飘散的往事，怎么又忽然涌上心头……

伫立深秋的街巷，四顾寂寥，缤纷的记忆蝴蝶一样翻飞，多少美丽的景致化作昨日的念想？昂首向天，点点繁星闪烁，一腔怅惘与愁思深埋心底。

悠悠时空，流云辗转迁徙，唯闻静夜鸣叫的蟋蟀，悠然而悲怆，嘹亮又低沉，秋夜阑珊，侧耳细听，倏忽四周归于一片静寂。

二

中年，喘息着爬过一个陡坡，不觉眼前豁然开朗，四围苍翠，鲜花盛开，生命进入广阔的原野，方留恋处，列车陡然加速，无边的芳华呼啸而过。

居高远眺，喧嚣奔腾的江水一路向前，累了，倦了，汇入一泓平静的港湾，时间也慢了下来，蓝色的湖泊浮动朵朵白云，映照内心紫色的灵魂。

不经意向西山投去一瞥，残阳如归巢的火烈鸟儿，挥动绝世的惊艳隐遁于黑暗。

苍茫的暮色中，一帧剪影宁静而忧郁。

三

五光十色的世界，陀螺一般旋转，现实不断逼近，本真逐次后退。

车轮碾碎了思想的印记，雾霾笼罩了灵动的思绪，经济社会自身边滚滚而过，秋风渐起，风沙漫天之日，心底那条欢快的小溪还能叮咚多久？

什么时候，疏离了心底那份坦诚？什么时候，荒芜了梦中的绿洲？世界投给我一个背影，拉长了清夜绵长的思念。

久居闹市，还有多少力气逃离，梦想变得稀奇。

群鸟啁啾，芳香四溢，串串紫藤挂满青砖的围墙，累累垂下长长的发辫，憧憬一座山，怀想几间茅舍，渴望一种简单的生活。

四

春花秋月，夏雨冬雪，四季装点了谁的梦？蝉声蛙鸣虫吟，自然界的天籁，我都在谛听。

城市高楼矗立，钢筋水泥的丛林，情感也一并蒸发。故土，在一杯透明的绿茶中沉浮，在缕缕升腾的热气里芬芳。

洗去尘世的铅华，一卷书、一杯茶、一曲云水禅心，消融了世间的熙攘与喧闹。沉默，并不意味着孤独，闲适，彰显内心的富足。

秋雨微凉，撑一把伞，独自漫步在村外的小桥上，一声孩童稚嫩的欢叫，恍惚间时光倒流，儿时的记忆瞬间复活，内心的呼唤真诚而热烈……

像在追忆，又似在感叹，小雨中的情景迷蒙而透亮。

五

生活像一个顽童，蹦蹦跳跳回到起点。

云淡风轻，回归自我，细细品读生命的意蕴，外观与心境，逐渐重叠合一。

厚重的书页，张扬着生命的华彩，"哗哗哗"的快速翻书声，却又着实让人心惊。

常恐秋节至，焜黄华叶衰。盼望着，却又下意识抗拒着。秋天是五彩斑斓的季节，亦是萧瑟荒凉的代名词，繁盛与凋零之间，隔着中年一段既长又短的距离。

彩色的世界归于黑色的眼睛，如禅。你沉默冷峻，遽然无声，神思交织着天地辗转的絮语，分明有什么漫上你的眉峰，真想闭了眼，感受生命神奇的律动。

六

诗情画意飞上湛蓝的晴空,秋日久违的情怀被一一唤醒,你站在那里,酝酿一场心灵的盛宴。

乘东风,游目骋怀,精美的画船载着你,载着往昔月白风清的岁月,湖海泛舟悠悠踏歌而行,阳光是最好的引擎。

斜倚栏杆,敞开怀,远方就是目之不及的苍穹,像在沉思,又似在回顾,白桦树投下斑驳的树影。

你回首遥望,身后的湖水碧波荡漾,吹动幽蓝层层涟漪,天上,水里,玉宇澄明。

生命,原本是一个过程,时而缓慢时而急促,绿肥红瘦循环往复,春夏秋冬无非心中一念。

岁月的意绪爬上额头,丰硕而饱满。尘世如一幅秀雅的水墨画,空灵悠远,看淡了,也就豁然开朗,流光浅笑,醉了华年。

四十不惑。

父爱如山

以杨柳轻抚小河,站立成黎明前的远山,于冥冥夜色,深情呼唤着,谷底,那枚咿咿呀呀学步的太阳,年复一年,日复一日。

扶起我,站稳,把你用大半生证明的路,指给我,沿你用生命铺就的台阶,一级一级艰难攀登。

一步,一轮辉煌的照耀。

一步,一个温馨的瞬间。

站上你的额头,看蓝天白云轻柔地凝望,听流水潺潺爱怜地吟唱,山前山后,叫得最欢畅的,定是你放飞的那只百灵鸟。

雪,梦一样的思念,抛洒得漫山遍野,无声无息落满我的睫毛。靠近,慢慢俯下身,聆听您内心深处真情的涌动,那赤红的岩浆,灼得我好疼好疼。

父亲……

隆冬影像

数九隆冬，天寒地冻。

冬天是沉默寡言的，年老的父亲吧嗒吧嗒抽着烟，一语不发陷入沉思。

荒寂的原野，数不清的渴望悄悄蛰伏，嗡嗡嘤嘤的喧闹已然冰冻，怪兽跃过树梢，似要突破季节的束缚，惊险就在一刹那，往事时而和缓时而急促地流淌着。

而回忆是一条永不停息的河啊，泛着粼粼的波光，照彻心灵的一片绿洲。

冬天是朴实无华的，熟稔如自家的老物件，亲切自然。一张黑白底片，袒露纯真的眼神，岁月的沉淀洞悉一切，斑驳的风尘中，总是能一眼认出，坦荡磊落的胸怀，显露着睿智与豁达。

茫茫苍穹间，只有洁白的精灵在飞舞。

沟通天地，往来古今。

岁末回首

如天鹅之翼，轻柔划过岁月的边痕。

心绪微澜，时光高居于秋水之上，芦笛声里又长一岁。

独倚窗前，看黄昏以婉约的姿态，优雅地融入苍茫的意绪，古典的情思漫溢，一如水墨丹青氤氲开来。

回首之间，大写意的风花雪月，缱绻了冷暖人生，水汪汪亮成一片。

亦如杏花春雨，点点洒落江天。

是了，一摊鸥鹭聚集心头，微笑着与我打个招呼，而后翩翩飞去，不带走一片风雅。

想必，白雪寒梅遣怀，幽幽暗香浮动，撩起几许江南韵致，无边的芳华绽放古典的笑容。

故乡，你的意念，隔山隔水，千里之外，我感受到了。这炽烈的情感，究竟是如何传递的？所谓心诚则灵，灵则生慧。

唐宋意象丰盈而饱满，春夏秋冬各取所需，岁末再加以精心提炼，仅三言两语，便轻易捕获了北方游子的心。

年集

春节将至,蛰伏一冬的集市陡然亢奋起来,红彤彤的面庞,精神焕发。

它欢呼着,跳跃着,滴溜溜一转身,化作滚绣球的狮子,昂首向天,又低头寻觅,摇头晃脑将腊月踩在脚下,尽情狂欢。

远去了,凌晨小推车的辚辚声;远去了,骡马集市的喧嚣与吵闹。

时光是忠诚的看客,恍惚间鞭炮齐鸣,一枝麦芽糖唤醒久远的往事。

蒙蒙细雨中,我在轻嗅一缕新春的气息;人来潮往里,我在寻觅一份故园的眷恋,珍藏一段鲜活的情感。

不变的乡土味,永不老去的记忆,方言土语夹杂泥土的气息,人间烟火热腾腾四处飘散。

东风第一枝,恰如茁壮成长的少年,大把挥洒着青春年华,无限憧憬着美好的未来。

夕阳无限好,又如一位慈祥的老人,迈着方步走过百年的历程,依然精神矍铄。

常青而古老的年集啊,总是用春联和鲜花装扮时光,却将一份不变的痴心和爱恋,珍藏在原始的乡村仪式里,挥洒着鲜活的民俗,延续到地老天荒。

新春畅想曲

一

春节,春天的节日。

一个多么浪漫的名字,有着活泼典雅的气质,伴着鸟语花香的印记,带着无限的诗情画意。

心里想着,梦里藏着,跳动的音符融化了心事,何必痴痴等待盛开的花期?

嘴角一抹笑,袒露心底多少秘密?欢乐是永恒的主题,那就即兴演唱一首吧。

呀——一声欢叫,总是孩童抢得先机,噼里啪啦的激情瞬间引爆,欢乐自四面八方沸腾开来。春风徐徐吹过,舒缓的旋律洋溢在心底。

二

心诚则灵,袅袅一炉香,庄重请出作古的先人;薄薄一杯酒,邀来传说中的各路神祇。欢聚,只在春节短短这几天!团圆的日子,一个不能少。

情意殷殷,幽思邈邈,天地间回荡多少诚挚的思念,扬起多少炽热的情怀。

天涯咫尺,酒为媒,茶相伴,亲人团团围坐聚齐,欢声笑语抚今追昔,一年中这样的时光有几?

浓浓淡淡一如飘散的炊烟,远远近近仿佛故乡遥远的呼唤,回忆像潮水一样涌来。

一年的心情来不及梳理,一年的情感在这一刻交汇,散发出春天浓郁的芬芳。

三

飘飘洒洒落拓不羁,纷纷扬扬如期而至,雪来得好,也来得巧。古典的情愫开始泛滥,古风遗韵里潇洒走一回,寻找真实的自己,平复内心焦灼的渴望。

闭了眼,水塘边,小溪旁,一群仙鹤玉骨冰姿遗世独立,几声清唱温婉纤细,似在唱和漫天的飞雪,记不清何年相识相知相恋,唯忆此时此刻柔情缱绻。

梅花或黄或红清香四溢,不约而同钻入唐宋诗词,茫茫原野哪里寻找?凛凛北风吹来,只嗅得缕缕清香,<u>丝丝暖意涌上心头</u>。

四

震撼于灵魂的纯净,折服于大地的圣洁,一株枯草在雪中猛烈摇曳,梦想破土抽出嫩芽,春天的列车从这里开启,演绎生命不朽的传奇。

银白的雪花铺了一地，春节浪漫得不动声色。心曲低回，浅红绛紫，谁在优美的意境里沉迷？

　　春之先声，百花节庆，谁打造的一场文化盛事，植入全民狂欢的基因？

　　体味春节，你可具有丰富的想象力？

怀念一个村庄

怀念一个村庄，毫无缘由。

飘雪的冬日，那些朴素的词汇蜂飞蝶舞，呼啦啦汇聚笔端，历经四季，也一样温润如玉。

村庄犹如固执的意象，执拗地深入骨髓，随周身血液流淌，循环不止，生生不息。

无关阴晴，不分晨昏，时不时疼痛一下。

沉重中不乏感动，忧伤里却又甜蜜。怀念，蓦然变成一种惯性，寂静无人的时刻，加速度呼啸而来。

村庄消失了，残梦还萦绕在那里，执着地与我对话。

寒冷的日子，唯有沉默，才是最为恰当的表达方式。

我在桃花里等你

我在桃花里等你。

山一程，水一程，天涯很远，你很近，仿佛就在身边悄悄潜伏，春天俨然是最好的掩护。

芳姿掩重门，心扉为谁开？

我在桃花里等你，等你——在一个静谧的午后，泪眼婆娑着点点飞红，思念忐忑着芬芳期待，脚步踩着千年不变的花期，渴望一场缤纷的花雨飘飘洒洒。

我在桃花里等你，自顾自斟上一杯清酒，缕缕芳魂吐露暮春的絮语，繁密的枝叶摇曳一树树诗情，虬枝盘曲，再也经不起一寸缠绵。时光，恍若前尘一梦。

我在桃花里等你，你在桃花里变幻，飞上枝头，你就是婉转鸟鸣，钻入花蕊，你就是嗡嗡的精灵。我遍寻桃林芳菲，桃花蝶影无迹可寻，回眸一笑，红尘腾起万丈霞光。

我在桃花里等你，以一种宋词婉约的姿态，站立成四月相思的桃花，风景，这边独好！

万水千山总是情

一

熟悉的旋律悠然响起。

仿佛天籁之音,引领你走进缥缈的仙境,梦中的原野、溪流一一再现,鸟鸣虫吟,百花齐放。

又好像走在一望无际的山林中,身边突然冒出一只梅花鹿,亲密地与你接触,蹭你的脖颈,伸出舌头舔你的脸。

清纯、甜蜜、新奇、美好……一种全新的体验遍及周身,感觉天是那么蓝,世界是那么亲切,就连想象都是空灵、透明的,人也飘然欲飞。

外面的世界很精彩,多么渴望插上一双翱翔的羽翼,跨越万水千山,探究未知的神奇。

二

及至中年,心境淡然,再听,是在一个闲暇的午后,斜倚窗前,茶香袅袅。

"梦之旅"组合倾情演绎,如春日潺潺的小溪,优美的旋律缓缓流淌,万水千山的心境诉说,依旧不徐不疾。

宛如一位历经沧桑却初心不改的智者，坐在你面前，平静舒缓之中，娓娓道来别样的风采。

把平凡的日子过成诗情画意的存在，将起伏跌宕的人生经历，高的看作山，低的视为水，山水之间尽情徜徉，逐一放飞愉悦的心情……

三

细细聆听之下，依旧有撼人心魄的力量。

或许，他道出了一种人生的境界，去留无意，缘自天定，守住自己的本分，听凭命运的裁决，昭示着一种豁达的生活态度。

也或许，他让心灵摆脱尘世的羁绊，热烈回应内心澎湃的激情，超越生死的界限，与天地万物对话，神游千载岁月，春花秋月，悲欢自知。

又或许，他以慈悲的心怀，洞明世事的眼睛，回望走过的艰辛旅程，虔诚地向生养他的大地深鞠一躬，以此表达深深的感激之情……

浮生一梦四十年，万水千山总是情。

四

一曲终了，不觉几十载年华匆匆溜走，恍然一梦醒来，旧日时光又不动声色来到眼前，化作一阕优美的词令，蓝天白云间浅斟低唱。

大千世界芸芸众生，世间的阴晴圆缺、离愁别恨，无不在心中刻下深深浅浅的履痕，或刚健，或柔婉，不知不觉走出千山万水的姿态。

仰之弥高，望之愈深，真情倾注其中，挚爱入乎其内。万水千山，终是世人心路历程；千山万水，不过此间儿女情怀。

歌声唤醒了深藏的文艺情结，在循环往复的四季风里，情随意转，心随境迁。喧嚣的尘世幽幽清音婉转，谁广舒长袖逆风起舞，眉眼间绽开绿水青山别样的笑颜？

滚滚红尘，唯山水与情感不可辜负。

中年，与一杯红酒相遇

红尘如梦。

中年，与一杯红酒相遇。

阳光栖于橘红之上，高脚杯闪耀玫瑰色的光波，世事摇曳沉浮，花雨流泻，花香沁人心脾，倾一世温柔缱绻华年。

浅浅的笑，浮现前世今生的风华，斯人杳无踪迹，只记得当年蝉声清亮，骄阳透过繁密的枝叶，光影闪闪烁烁。

想象这样一个万物欣欣的季节，骑一匹红色的骏马，疾驰在一望无际的庄园，马鞭响处歌声嘹亮，惊艳了古堡翠色的时光。

魅影一闪而过，若飘忽的精灵，若紫色的闪电，若片刻的恍惚。

谢绝芳华，走向醇厚成熟。

从嫩芽初绽，到深红华贵，痴心不改，一路走来，历经多少嬗变？恰如中年的人生，风雨坎坷过后，沿途的风景早已化作头顶一抹彩虹。

斟满鲜红的美酒，端起琥珀色的酒杯，一饮而尽，万般滋味涌上心头。

第六辑

千古咏叹

读书行路，神游八荒，时空打开另一扇窗口。

夸父追日

一

天真的情境孕育高远的目标，不竭的动力镀上太阳的光泽，心似火，激情迸射开来，极力追逐一只苍鹰的翅膀。

山岳飞驰，河流激荡，狂风扬起瀑布一样的长发，炫目的诱惑直直倾泻而下，远远地，近近地，叩问苍穹也叩问自己，梦如六月的麦粒颗颗饱满。

任性的脚步裹挟着雷鸣闪电，狂奔，腾跃，攀爬，嘶吼……远去的背影击穿了风暴，跋山涉水永不停歇，幸福的光焰在奋进中降临。

贴近你的身，感受你的温暖，亲吻你的脸，分享你的光辉，热血江河奔流，一根桃木杖在手，徒步追赶着未来，追赶着神圣的使命。

二

壮士一般巍然直立，战神一样轰然倒下。

追逐的路上，干渴的是梦想，沿途的万水千山，早已化作一个个路标，昭示明天，寓意永不凋谢的希望。

　　光和热的源头，灵与肉的统一，与其苦苦追赶，何如化为一体？壮志豪情融入辉煌的落日，一同托举起万古的雄心。

　　这汹涌的意念，纵横四野八方，孕育了一望无际的春风，还大地一片郁郁葱葱的桃林。这不死的魂魄，飞上高高的晴空，红彤彤的霞光荡开云层，光明喜获新生。

　　还是那一轮朝阳，金灿灿的情感四溢，撒播人间无尽的勇气和毅力。

嫦娥奔月

一

月色如水，月夜如歌，月华沉静，月影婆娑。月圆之夜，弦歌再次响起；悠悠古韵，荡开梦寐心河。

以决绝的果敢义无反顾，以飞天的舞姿优雅作别。

广舒长袖衣袂飘飘，凌空蹈虚阵阵仙乐，云自脚下生，风从耳畔过，轻盈如蝶，回望人间缥缈无数山，光华灼灼，神圣的庄严冉冉升腾。

四时昙花片刻景，红颜易老天难老，人生苦短，为欢几何？桃李无言匆匆，春来花开又谢，广寒宫中独自吟哦。

花木葳蕤的繁锦，寒蝉唱不圆的暮秋时节，何处把酒临风独自沉醉？

红尘恍若梦，此身三生缘，世间万万千，琼宇独一人。冥冥之中的因果，夙夜咏叹的诱惑，今宵清风朗月夜，欲将心事付蟾宫。

飞升，无限地飞升；接近，无限地接近。

二

月光蒙蒙仙山楼阁，月魂寂寂仙姿婀娜，月影憧憧玉兔跳跃，月色溶溶桂花飘落。

日为阳兮月为阴，摇曳心旌的柔美呵，飘入谁灵魂的家园？

哦，月宫，你是红尘诗意的栖居地，你是人间美的集大成者，一叶扁舟自由国，月牙船儿摇漾清波，玉盘婉转光影重叠，清辉如许彩云如约。

传说慰藉经典，一瞬即为永恒。

噢，月华，你皎洁的容颜谁可以媲美，悠悠万古，今夜你独照何人？空灵雅致的感觉，十万情思晶莹雪，依稀前尘往事隐约诉说，一曲云水清歌古来谁懂？

人间万象不及仙阁光华一束，一束光——一束地老天荒的光；一束光——一束照彻肺腑的光。高洁的美，寂寥的新月，为美所折服，为美所俘获。

高洁，世间难以企及的凄美魂魄。

寂寥，世人难以接近的绰约风姿。

牛郎织女

一

天上人间，年年岁岁；人间天上，岁岁年年。

金簪横划天堑汹涌，岁月澎湃无情的洪流，萤火虫追逐着银白色的月光，伊人消瘦成鬓角的菊花。

月亏则盈，周而复始，七月初七，相逢有期，田园牧歌浅斟低唱，一别音容流年飞逝，今宵倍加珍惜。

人间有梦，生生世世的渴望，谁来见证？

鹊桥相会，一朝一夕的幸福，如何度量？

仰望苍穹，感念瞬间的永恒，星光缓缓流淌，乡音未改，乡情愈浓。

二

月凉如水，桂叶婆娑，星空安然睡着了，光阴唱着古老的歌谣，久久不肯离去。

隐忍蛰伏后的等待，如此漫长而短暂。生命不屈不挠，顽强照亮威严的天庭，温暖归途的荒凉与凄冷。

清辉洒满庭院，露水沾上衣襟。

夜已深,葡萄架下遥望银河的波浪,流星划过沉沉的夜空,缠绵的情话若有若无,信则灵。

　　相信爱情,相信美好,相信天上人间不朽的传颂。

白蛇传

一

几世修来的缘分，共撑一把油纸伞？

西湖从来不乏缤纷的传奇，湖面弥漫着尘世的梦幻，婀娜的柳丝嫩黄吐蕊，三生桥闪过缥缈的身影。

微雨蒙蒙，爱情也是湿漉漉的，真爱跨越三界蜿蜒蛇行，烟波画船清风徐徐，双双在江南烟雨里沉醉。

断桥残雪，斯人憔悴，揉碎的心再难复原，惟一抹青色不离不弃。

水漫金山，电闪雷鸣，缕缕情丝搅起波澜，绝世的爱恋喷涌而出。

二

万丈红尘寸心知。

灵芝仙草救得了世人，医治不了偏见的痼疾，离人何须离，归人未曾归，雄黄酒大醉一场，心思蜷曲盘绕。

雷峰塔下，青苔覆盖了深秋的痕迹，翠绿的梦想涌动入世的诱惑，西湖边的故事繁茂生长。

那一场人间的清欢，如灵隐寺的钟声，泠泠响彻湖山胜景，飞鸟掠过水面的波痕，倏忽不见。

　　半梦半醒之间，常青藤爬上春天的额头。

孟姜女哭长城

一

良人身在何方？白茫茫的原野，像一块巨大的招魂布，耀眼的光芒刺人眼目。

北风无情扯碎心底残存的希望。

一路踉踉跄跄走来，受阻于一座巨大的城墙，冰冷，厚重，像披着铠甲的怪兽，步步直视逼近，蓦然张开黑洞洞的血盆大口，森森白骨隐隐可见。

分明感到一丝余温，为何只是短暂停留，它来自哪里？又将去向何处？

黄昏无语，夕阳坠入昏鸦的呱噪声中。

二

静谧的天地，突现无数心音，如战鼓，似雷鸣，亡灵的冤魂敲击坚硬的土地，铿铿有声。

孤独对决，以柔克刚，眼泪是绝佳的反击武器。

呜咽之声抑扬顿挫，随弯曲的墙体百转千回，愤怒的目光凛冽肃杀，衣袂蹁跹挥洒漫天的飞雪。

人,越转越快;雪,越下越大,终至一片苍茫。

白色的幕布呼啸着滑落苍穹,一场大雪,将整个天地层层覆盖。

长城匍匐在白雪之下。

梁祝化蝶

一

凄美的旋律响在深秋的旷野。

秋风萧萧，落叶飘飘，这遁入黑暗的晚霞愈发红艳，相思一寸寸沁入肌肤，一如既往的震颤与苍凉。

琴声如诉，斯人杳杳，西风怆然弹奏着浮世的悲欢。

那本是春暖花开的季节，阳光清远绵软，蝴蝶尽情舒展着五彩的双翼。

桃花娇艳的曲子如此短暂，戛然中止了刻骨的爱恋，跳跃的精灵倏然不见，深秋摇曳红枫婆娑的泪眼。

二

缤纷的舞台，无奈的追逐，梁祝，春光与深秋的嬗变。

永生的蝴蝶飞过漫长的时光，款款徜徉在春天的梦里，花开花落的季节从不落幕，幽梦沉入心湖，优雅地转呀转。

这么寂静，这么美丽，天地间遗恨流离辗转，万古深情拥抱流泪的夕阳，秋日的私语明明暗暗。

飞过花丛，飞过漆黑的夜，前世今生比翼蝴蝶缘，丛丛兰花是谁无言的挚爱？缕缕馨香从古传到今。

西施逐水

一

　　山泉淙淙，百鸟争鸣，浣纱的女子低头俯视水中的影子，慢慢梳理自己的心境。

　　日暮苎萝，余晖峥嵘，霸主的野心破灭了，村姑无奈走上前台。

　　强权容不得一丝置疑，复国的期望沉甸甸压在心头，少女的情怀如日光下的游鱼，倏忽不见。

　　越女池中，天上人间水中月，粼粼泛着清波；馆娃宫里，夜雨残荷秋风紧，欲说还休，终至无语。

　　角落里的阴谋艳若桃花，化作灼灼阳光下的笑脸，谁来拯救挣扎突围的灵魂？

二

　　钟爱水的女人，冥冥中似乎也昭示了自身的命运。

　　到底还是追随了流水，追随了游鱼，角色快得来不及转换，甚至无缘一睹故乡熟悉的山水。

　　其实不看也罢，哪知始作俑者如此冷血！涛声如雷，漩涡翻卷，一腔悲愤连同吴钩越剑争雄的呐喊，一起沉入江底。

究竟是真相过于丑陋，人心比石头还要冰冷；还是史书想象力匮乏，民间演绎出了精彩的剧情？

反正，我选择了传说，大团圆的结局补齐了道德的短板，想来比较温暖。

一叶扁舟从吴越的烟云中荡出，佳人爱侣从此江海逍遥余生，一如家乡无忧无虑的时光，江南水乡盛得下那些风华。

西子湖畔，魂兮归来。

苏武牧羊

一

这是一场怎样凛冽的寒风?

大汉的气节迎风直立,敲之铿然有声。空旷无边的荒野,谁人傲然立于冰天雪地之中,伟岸的身躯挺立成旄节的模样。

太多的渴望已冰冻,太多的思念已无梦,十九年的深情凝望,化为一尊永恒的雕像,五千年青史刀刀如凿,深深镌刻在华夏民族的心上。

沉默的羔羊,刚烈的硬汉!雁南飞,水东流,风从四面来,家国,从来只有一个方向。

须发凝冰,心涛拍打,忠贞与执着无语向天,飞雪中的身影愈发清瘦,清瘦的面容更加倔强。

胡笳声声悲鸣,站立的地方,咫尺亦是天涯,足以盛得下百年汉匈风云。

二

何其有幸,心志在茫茫草原上自由抒发。

斯人饱蘸血泪，一笔一画，绘制成九重宫阙的模样，未央宫灯火阑珊，长安的月光皎洁如初，映照塞北苍茫的心事。

鸿雁南飞，汉使苍苍老去，都说春风不度玉门关，踉踉跄跄奔家乡，还是玉笛来得欢快，春曲自心底弥漫开来，一句乡音，天旋地转，醉倒在家门口。

归来归来兮，久旱逢甘露，枯木也逢春。泪眼蒙眬，真真切切恍如梦，呼啦一声，心窝里飞出金凤凰。

苏武庙巍峨苍翠，古寺高树间紫气萦绕，一片茂陵落叶飘来，依稀听见粗重的喘息，千里之外大雪纷飞。

昭君出塞

一

宫阙如梦，大漠如烟。

又是秋风乍起，恰是鸿雁长飞，塞外的风沙纷纷扬扬，宛若三月长安的一场花事。边塞号角远了，弯弯的蛾眉隐入天际，红柳，溢出腮边的胭脂泪。

自古争说担当，哪知"家国"二字的沉重？羸弱的双肩又能扛起多少，勉力支撑踟躅前行罢了。

海市蜃楼的光环被沙尘暴吹散、抚平，又在骄阳下一一晒干、蒸发，无边无际的乡愁自天边滚滚涌来，风雅颂的焦渴在草原找到了慰藉，一泓清泉浇灌心灵的绿洲，横笛的旋律宁静而舒缓，牛羊悠闲，芳草萋萋。

大漠孤烟直，长河落日圆，小女子也壮丽了一回。

二

平沙漠漠黄云万里，徘徊秋日的黄昏，分明听见一个弱女子的呼救，声音微弱而胆怯。

四书五经堆砌的井口黑咕隆咚，四周遍植花草，历代的文人墨客循此经过，无不仪态端庄深鞠一躬，不吝赞美之辞，时时不忘献上正气凛然的诗句，唯独听不见秋风里的悲吟。

或者，即使听到了，还是匆匆离开了。

秋风应知人意，胡天空旷无梦，将广阔的毡房留给孤独的来客，云朵往来聚散，心事沉迷，羌笛、琵琶雄浑苍凉。

明妃红装高照，点亮了祭坛上的烛火，误了春光，收获了深秋的硕果，幸也不幸，不幸也幸。

貂蝉拜月

一

月亮还挂在三国的天空。

水汪汪,黄灿灿,如同伊人皎洁的面庞,这一刻,花好月圆;此一时,岁月静好。

入夜,一支短笛无声地响起,后花园清霜满地,银辉脉脉无语。悠悠时光为何停留?微风只轻轻一晃,柔情便陡然侠肝义胆,宛如一朵盛开的白莲花,清风徐徐入怀。

彩云缭绕,光波流转,人间仰望蟾宫,歌舞曼妙,梦里清寒。

时光急速纷飞,终不减明月半分,花影婆娑,泪眼亦婆娑,圣洁迸发出耀眼的光华,袅袅花香随之袭来。

清辉里的女子衣袂飘飘,宛若月宫里的嫦娥,姿态还是那么优雅从容。

二

明枪裹挟暗箭,连环美人计雪藏大义,那些深入历史骨髓的疼痛,正摇曳生姿一路款款而来,春风满面笑靥如花。

转身，化作一支呼啸的利箭，"嗖"的一声射向一个狰狞的乱世。

好一个百步穿杨，好一个大快人心！

潮有涨落，月有盈亏，古老的智慧焕发勃勃生机，可怜朱颜年年凋谢。

绿肥红瘦，缄默了烽火狼烟，山高水低，英雄的传说枯萎了。鬼魅蜿蜒蛇行，宿命如影随形，清冷的月光下，一缕幽魂随风飘散。

乱世佳人泪纷纷，不曾真爱一个人，刀光剑影之中，无边的凄冷扑面而来。

仰望苍穹，还是千秋一轮明月。

贵妃醉酒

一

花开时节,名动京城。

五月的洛阳,牡丹铺陈盛世的繁华,大唐含苞怒放。

月光轻灵,长笛欢快,以酒为媒歌舞助兴,盛唐高居云端,气象冠绝天下。

踉踉跄跄,贵妃醉眼蒙胧,把盏邀春风,笑世人灞桥折柳,春深更一杯,叹人世匆匆苦短。

长生殿里,长恨歌悲千古情;七夕共誓,何须迢迢鹊桥会?华清池畔,雨露恩泽洗凝脂;大明宫中,依稀影单月未圆。

战尘腾空,春梦乍惊,马嵬坡前花容失色,三尺白绫君王掩面。国色天香,雍容华贵,谁赐爱情一杯毒酒?

二

长裙曳地,东风失约,深情随风飘飘而逝,一地憔悴谁来捡拾?

醉眼看花,像是一株株罂粟,鲜艳如血,滴滴犹似离人泪；更像是秋天的一束蒲公英，只需轻轻一吹，风流便辗转云散，空余长天嗟恨，梧桐秋雨两茫茫。

时间才是当之无愧的主角，阴晴圆缺任意切换，悲欢离合自由穿插，莫不是前世的因果，今生扯不断的情缘？

胜日寻芳，误入百花丛，丰腴肥美一举夺花魁，也不过临时客串了一回主人，终究是筵席既散宾客须离去。夜已深，更鼓催，恍然入梦，醒来已是东瀛客。

贵妃醉酒，梦回大唐。

高山流水

一

关乎自然,关乎生命,关乎一个深情而久远的传说,传说带有花草的芬芳、山水的清音。

山,雄鹰翱翔的舞台,云端一样巍峨,天地间挺直亿万年的脊梁,亘古如斯的容颜愈加高峻挺拔,望之弥高。

水,高挂云天奔腾而下,喷珠溅玉清冽甘甜,轻烟一样缥缈,彩虹般绚丽多姿,柔美如斯。

万物徐徐而来,振动双翼汇聚琴弦之上,而后化为一缕清风,轻歌曼舞之后,翩翩离去。

二

山作琴,水为弦,山高水长,潺潺心音清澈而透明,瑶琴声中,心灵已然相通。

黄鹂飞走了,翠鸟又盘旋而来,作为见证者,它们悄悄立于树梢之上,彼此深情对望着,纯净的目光不带一丝杂质。

山色美于目,水声萦于耳,灵魂在溪水边蓦然苏醒。

阳光透过浓密枝叶的间隙,射下道道金色的光束,精灵在山林中沐浴,放声歌唱。

春天的气息如此让人眷恋……

长平之战

一

总有一双眼睛，紧紧盯住一页白骨森森的史书，是该痛恨年少者的狂妄无知，还是诅咒冷血者的残暴嗜杀？

死亡笼罩下的旷野怵然无声，晚风吹不动一片叶子，无数的冤魂在月光下游荡、号哭，战国的大幕已然落下，沉重而血腥。

戈矛化作青铜的呓语，箭镞、朽土与牺牲的将士一同腐烂，簇簇野花拱出地面，犹如晚霞出浴，红彤彤鲜艳欲滴。

无数个有关战争的拷问附着其上，以手触摸，冰凉沁骨。

二

还是不要揭示谜底了吧，有多少疑问，就有多少迷茫。

深沟大壑筑起的梦魇，曲折蜿蜒回环往复，一直延伸到遥远的梦境，荒诞之中，不乏黑色的幽默，哭亦是笑，笑亦是哭。

群峰峥嵘，刀剑林立，十里河谷尽陷慷慨悲歌之士。

历史老人未免过于残酷和任性,仅仅为了验证一个事实,竟然用四十多万无辜者的生命殉葬,既不仁,也不义。

痴狂不识风华,冷风难掩热泪,山岗之上,白云招魂,高高扬起生命的尊严与人性的温度。

十面埋伏

一

如蹲伏的猛虎,随时准备扑上去吞噬猎物。

心动:旌旗飞扬,杀声震天。

笃定:山川无形,寂然无声。

这是情感与理智的较量,这是铁血与谋略的角逐,这是楚汉最后的对决,九里山的号角低沉呜咽,垓下的挽歌慷慨悲壮。

十面埋伏,百里疆场,千层人心,万马奔腾。胜利者昂首向天,失意者徒唤奈何。

好战者,必为铁蹄践踏。

二

关山入梦,男子汉的豪情尽情挥洒,征服的快感如痛饮甘醪。

恋恋投向古战场最后一瞥,夕阳映照晚霞,乌江酡红,芦花飞舞,谁人脚步踉踉跄跄?长醉不复醒来。

剑气往来纵横,风云一声长啸,谁懂?

江山一笑万花红，与其叱咤疆场，一逞英雄壮志，何如轻弹一曲琵琶入梦？桃花流水声中，一一抚平胸中的沟壑，人心从此不再凶险。

无非灵台一念，春日的小溪淙淙流淌。

霸王别姬

一

骏马长嘶,宝剑铮鸣。

大丈夫奇志,原来不用读书,力拔山兮气盖世——生逢其时。

西风猎猎,旌旗飘飘。西楚霸王,一个多么响亮、大气的名号,有着男子汉的阳刚和分封疆土的执拗与豪情。

破釜沉舟,方显英雄本色。

阿房宫一把大火,烧掉了一个暴戾的王朝,也焚毁了热腾腾的民心。

富饶的关中大平原,仇恨的积聚地,绵延三百里的宫殿群,都被出离的愤怒爆燃,统统付之一炬。

霸王啊,你的眼里只有故土,只有楚国八百年源远流长的历史。大好河山,不是你的锦衣,那是暗夜,吞噬你心智的黑洞。

心念未了,旧恨难消,你大笔一挥,人为地制造了一个个强劲的对手。光环消失了,背叛、杀戮、报复、梦魇如影随形。

天亮了，你还在恨恨地诅咒、狂笑。你一直生活在阴影中，这厚重的乌云，一度使你窒息，而今张开死亡的翅膀，重新扑向你，最终吞没了你。

走不出辉煌的昨天，也就走不进崭新的明天。

二

情势的逆转，完全缘于一次饭局。

鸿门宴，既不是仁义的赞歌，也不是权谋的沉沦，盖世英雄与妇人之仁的争论千古未绝。

是耶？非耶？放与不放，一直苦苦纠缠着你，也考验着后世的政治家；对与不对，关乎人性，关乎脸面，更关乎江山社稷。

谁解其中味？怆然寸心知！

志士与贵族，你一直分不清，也根本不想区分；仁义与残暴，数度颠倒，直到把自己摔得鼻青脸肿。

你混淆了，两军对垒，手段并不重要，目的才是一切！你忘记了，这是乱世，民心才是最宝贵的资源，无形胜有形。

攻守易势，千古遗恨。

我读不懂，仅仅一顶高帽，就使你放弃了亘古不变的政治原则；我更想不通，坑杀二十万秦军降卒，你哪来的决断与霸气，丝毫也不考虑千载之后的骂名？

冰火两重天，软硬集于一身，两个项羽，那个是真？那个是假？

人心呐，人心……

你是战神，一直沉浸在莫名的躁动中，你害怕平静，下意识拒绝和平，你渴望轰轰烈烈，却浑然不知人心思定。

也许，这就是你无法挣脱的宿命。

三

楚河汉界，血火填平。

英雄、美人、骏马，这不是浪漫的战场，这是最后的生离死别。

饮美人泪，醉上加愁；挑灯舞剑，豪情已是日暮；乌骓不走，其实我更不想走……

是时候了！虞姬回头莞尔一笑，兰花指向空中优雅地一翘，剑，潇洒地一挥，顺势划了个优美的弧线，一地淋漓鲜红的桃花……历史定格于唯美悲情的瞬间！

霸王别姬，铁骨柔情。

短短的一瞬，却要后世的舞台一遍遍地演绎，一次次地品尝、咀嚼、回味，直到颊齿生香，风情万种。

纵横天下，好战逞强，事到临头仍在为荣誉亟亟而战，临终，还像鸟儿爱惜羽毛一样顾及自己的名声。

如此，方有美人仰慕，倾心追随。如此，方能挥洒四海豪情，千秋史书为你倾倒。你是贵族，有着绅士的风度，但，谁为你的宏图霸业指引方向？

大风起兮……

奋力前行，二十万降卒冤魂扯住衣襟；四面楚歌，曾经的贴身卫士织就一张密不透风的大网；对面，拜把子兄弟正在酝酿《大风歌》的章节；鸿沟，一道再也迈不过去的坎。

垓下，埋葬着江东子弟英勇的魂魄。

乌江，汩汩流淌着悲愤与绝望的异乡河。

四

这是一个崇尚武力的时代，骁勇当先，铁血为王。

不屑纵横捭阖的权谋机变，你渴望一场男子汉大丈夫堂堂正正的厮杀，金戈铁马，刀剑饮血，唯其如此，才不负上苍厚爱与眷顾。

武力，一度助你攀至人生的巅峰，你主宰一切，享受由此带来的无限荣耀。

武功，激励你，蛊惑你，谄谀你，误导你，最后无情地践踏你。其实，你看到的，无非只是一个幻影，你所醉心的，只是虞姬强颜欢笑的舞姿。

力能拔山，却扛不起九鼎，徒然美人如玉，梨花饮泣。拔剑四顾心茫然，无颜再见江东父老，罢罢罢！

身前的历史，无比精彩；身后的历史，依然华丽。

率性而为，快意恩仇，你失去了江山，却赢得了历史，赢得了一个男人全部的尊严。谁说胜者王侯败者寇？你怒目圆睁，一直巍然挺立着，供千秋万代顶礼膜拜。

一介赳赳武夫,创造了那么多经典故事,丰富了民族鲜活的记忆。人生一世,有这么精彩的一生,有这么壮烈而凄美的结局,足矣!

汉宫秋月

一

蝉声从高树跌落，草丛里，墙角边，秋虫的鸣叫陡然清亮起来。

高墙耸立，大殿巍峨，汉宫威严地投下巨大的阴影，恍若张牙舞爪的猛兽，狰狞而可怖。雨夜，电光闪闪，雷声轰鸣，风一吹，魑魅魍魉到处怪叫乱窜。

独守空岁，独守憔悴的容颜，走不出的当初，回不去的青春年华。

娇艳地枯萎，落寞地沉寂，月华照进屋里，照在发丝凌乱的墙壁，轻舞清秋之寂寞。

二

又是一年月圆时。

流云飞渡，银汉无声，秋月，幽人无尽的期待。

凝视月光，凝视悠悠的时空，一腔愁思辗转无眠。醉眼迷离，抬头仰望苍穹，身形被桂树遮挡，魂魄融进月光，心事混沌而迷茫。

依稀还有几许秋蝉嘶鸣，惆怅而悲凉，幻觉还是心音？清夜，任秋风响彻一片，皓月隐没，夜凉如水，深秋的意蕴独上心头。

草原抒怀

一

大漠狂飙,疾如闪电,雄鹰,展翅高翔。

笑对苍天,笑对大地,自古英雄多磨难,非凡的经历磨炼非凡的意志。

草原是广阔的历史舞台,一代天骄成吉思汗,胸怀,盛得下江河大海。

草枯鹰眼疾。

秋风起处,弯弓射大雕;膘肥马壮,马鞭指处知是谁?十万铁骑,世界任你纵横;四十国,转眼都成阶下囚。

辽阔的欧亚大陆,蒙古铁骑来去如风,漠北草原在身后渐渐模糊,脚下的土地在战栗、颤抖、重合、聚拢,一个空前的帝国在毡房里诞生了。

二

像耀眼的火炬,像瓢泼的大雨。

你是虎,是豹,是狡猾的狐狸,是弓马娴熟的猎手,你是草原之子,是上苍的宠儿。

征尘,卷起大半个世界,奇迹,从来以谋略为后盾。马上打天下,马上治天下,天地间一声长叹,宿命无法更改。

给我一个凭吊的地方,只见千里草原万里黄沙,伫立倾听,仿佛听见战马咳咳嘶鸣。

草木荣枯,年复一年,你隐匿在草原深处,旁若无人吞吐历史的烟云,斡难河从身旁流过,那是你的家,你千秋万代的荣耀与尊严所在。

我与草原心灵相通。

甲申悲歌

一

贫瘠的黄土地,怒放着黑色的死亡之花,大路万千条,生机一线天,硬朗朗的西北汉子,呼啦啦扯起反旗。

路线是个宝,纲领是良方,"闯"字大旗四面展,百万饥民百万兵。

跃马扬鞭,天险潼关脚下踩;辞旧迎新,滚滚黄河浪淘沙。风暴之中,谁,强有力按住时代的脉搏?

煤山那棵歪脖树,吊死了一个千疮百孔的王朝,一了百了,也就彻底解脱了。

江山在握,乾坤独掌。

社稷、美人、金银财宝,胜利者自然而然的战利品。珠光宝气,活色生香,一时眼花缭乱。

何不学汉高祖,封闭宫室、还军霸上、约法三章、收拢民心!

什么时候,江山让与美人?美人笑,江山摇。

什么时候,雄师沦为流寇?酒饭饱,捞一票。

——从入住北京城那一天,帝都的四十二个日日夜夜！昏昏然，茫茫然，历史做出了明确的回答，亦做出了惨烈的惩罚。

二

　　醇酒美妇浸泡，靡靡之音缠绕，消磨了英雄气，腐蚀了英雄骨。金山银海佳丽万千，日日欢宴夜夜醉饮，美酒歌舞，春色无边。

　　关里关外，一拍即合，飞沙漫天杀气寒，十万铁骑滚滚来，山海关冲冠一怒，事到临头悔已迟。

　　一战失利，再战即溃。

　　皇权，挡不住的诱惑，呼呼吐着芯子的美女蛇。多少英雄汉，梦断金銮殿，多少好儿郎，痴心把命丧。马蹄声疾，择日大吉。

　　风雨仓皇，战鼓催人，旦夕之间，角色来不及转换，还未过足皇帝瘾，转眼踏上逃亡路。

　　紫禁城恋恋一瞥，却是永远，永远，来不及心痛。

　　大顺不顺，自成难成，怎么进，怎么出，得之难，失之易。功亏一篑谁之罪？都怪富贵温柔乡里酣睡。

　　英雄泪，长流水，一招不慎，江山沉沦，红颜祸国，古老的遁词了无新意。

三

　　春色凋零，惨白的月光下，一个传奇女子走近，一个新朝的背影远离，只不过是乱世中的机缘巧合，其实美丽又有何罪？

皇权倾覆，山河易主，猝然间山崩地裂，来来回回走马灯，咫尺天涯无限恨！罪在风起云涌的大时代，罪在乱世不合时宜的疯狂。

昙花一现百万兵，西风吹落紫禁城，铁蹄踏碎了残月，细忖度，悄思量，历史的天空广阔又狭小，历史的风云有情亦无情。

春风暖阳及时雨，秋风落叶到黄昏，枉为他人做嫁衣裳，一腔壮志逐水流。功败垂成，得而复失，无暇对月浩叹，空惹一腔愁思。

一样的悲欢离合，迥然不同的家国情怀。

十八子，门下马，毡帽斗篷何处寻，昨日耳畔欢呼声，今朝伏兵四面起。怆然何恨？古来兴废在人心，空见残阳吟悲歌。

歌声激越苍凉，高峰峡谷跌宕，寂寥风萧萧，弦断无知音，空里流霜，唯心自知。

四

天涯何处？离人泪！九宫山下大雾弥漫，甲申悲歌，一唱就是三百多年。

三百多年，寺庙钟声隐隐；三百多年，禅房花木深深；三百多年，一桩公案陷迷雾；三百多年，一腔怅恨何处寻？

世事本无常,运命偶得之,一生漩涡卷,禅林静我心。

中原逐鹿,谁笑到了最后,三国的故事没有重演,紫禁城的大门为谁洞开?

清泪涟涟,砚池水花迸溅;淤血斑斑,沉重巨笔如椽。笔墨酣畅,谁人为之痴狂;力透纸背,中原遗民眼泪在飞。

大幕轰然落下,一扇角门悄然开启,政治家、历史学家、文学家……进进出出络绎不绝,投之以目,静悟于心,各取所需,有感而发。

惊悸、撕扯、挣扎、呼救,历史老人视而不见行色匆匆。辗转,走不出后人一团团浓浓的笔墨,笔尖犀利,直刺人性痛处。

甲申悲歌,幽幽为谁响起?

秦淮八艳

一

隐隐,拨动江南琵琶的琴弦,月光把一个王朝的影子摇漾在水中,揉碎、拼接、复原……期待重现花好月圆的结局,却是徒然一掬清泪而已!

隔山隔水,隔着唐宋的风华,六朝粉黛来来去去,柔媚的吴侬软语咿咿呀呀,旧人哭,新人亦悲切。秦淮河缓缓流淌,繁华旧梦成昨日幻影,倒映在河中的歌舞楼台之间,凌乱且模糊。

一众小女子从红楼现身,一反哝哝脂粉之态,广舒长袖,衣袂翩跹,翩翩舞动江南半壁,故国跃上眉心,额头那颗美人痣千娇百媚。

柳如是、陈圆圆、董小宛、李香君、顾横波、寇白门、马湘兰、卞玉京,莲步轻移,闪展腾挪,月光下幽幽诉说着心事,一地残红无从寻觅。

二

龙盘虎踞地,几许伤心事!

南明政权颤颤巍巍站起来，似要深鞠一躬，却又踉踉跄跄跌倒在水边，手指着心，嘴里含糊不清念叨着什么，眼睁睁看着一队队铁骑疾驰而过。

王谢堂前的燕子俨然读懂了前朝掌故，再也不肯栖身房梁，只在秦淮河边一圈圈徘徊绕飞，高一声低一声啼叫，粼粼清波闪着寒光，怎一个恨字了得？

芦荻，秋风，还有幽微的叹息，伴着一地凄寒的月光，悠悠地追逐流水远去，再也不肯回头。

风骨已逝，魂魄俱灭，谁来为秦淮河代言？

四大名著解读

三国演义

三国,英雄精彩亮相的舞台。

刀枪剑戟、斧钺钩叉,十八般武艺样样精通;火攻、水淹、美人计、空城计,三十六计尽情发挥。

听惯了战马嘶鸣金鼓铿锵,只看到豪情万丈八面威风,哪见得鲜血汩汩流成河,白骨千里露于野。

桃园的花凋谢了,五丈原秋风正紧。

赤壁的火熄灭了,铜雀台荒草比人高。

传说远比真实生动,真相掩映在夕阳古道之外,无人探究,人心层层叠叠波诡云谲,沉默而冷峻。

故都洛阳的荒芜小道上,一匹瘦马蹄蹄而来,千古兴亡叹悲欢,万里锦绣只为他人做嫁衣裳。

一行大雁飞过,史官抬头仰望,手中的竹简散落一地,几行陈迹被风吹到江心。

江上一叶白帆,暮雪纷纷。

冬去春来,狐兔奔走,倒是乡野间的草木生长得更为茂盛。

水浒传

八百里水泊梁山，旌旗猎猎，大道张扬。

民生凋敝，赤地千里，四书五经的说教苍白无力，忠义落草为寇，三教九流舞动刀枪棍棒轮番上场，草莽起自大泽，激情演绎江湖传奇。

传奇，不容眼花缭乱的色彩，犹如洞穿纷繁世界的眼睛，黑白泾渭分明。

三十六天罡，七十二地煞，忠义堂的座次对应天上的星宿。人道衰微，秋日的野草迎风摇曳，一把冲天的大火已然腾起。

民心不可违，天道匡扶正义。

究竟是霹雳行动过于激烈，还是囿于传统强大的惯性？怎么突然就犹疑了，退缩了，光芒黯淡，气场四散，大道急速坠向尘世的名利场。

一次儒家典籍的另类解读，一场草根阶层自发的觉醒与尝试，一切皆是由此生发，由此湮灭。

凛冽的寒风中，光秃秃的枝丫昂首向天。

西游记

佛光照彻心扉。

佛骨和凡心集于一身，灵魂与形体苦苦纠缠，大千世界变幻红尘万象，诱惑无处不在，七情六欲化身师徒一行。

没有过不去的火焰山，也没有蹚不过的通天河。

跋山涉水，披星戴月，何处不是修行？前路迢迢，西行漫漫，长长的背影铺满通天大道。

一路风霜雨雪，滤去人间烟火色，云水禅心的容颜渐现。

善心感动菩萨，德行触动如来。梵音袅袅，法相庄严，一片祥云飞来，朵朵莲花从天而降，佛捻指微笑，不觉通体透明。

历经九九八十一难，蓦然顿悟：所谓劫难皆是凡心作祟，心生万端，唯芳香一缕，善念升腾九层佛塔，恶行沉入十八层地狱。

从来真经难求，此心虔诚抵达彼岸。

红楼梦

琉璃世界，如梦似幻。

以春天为背景，以青春作祭台，不料蛛网沾染飞絮，忍看红颜枯萎零落成泥。

可恨那一场西风，来去无踪，砭人肌骨。

沉沉红楼一梦，天亮了，谁还在沉醉？谁已然梦醒？沉醉的，入了土；醒来的，遁入空门。

风夹着雪，雪舞着风，像在回忆，又像在沉思，隐隐传来蜡梅的清香。

雕梁画栋终究一场空，佳人才子不过是红尘之中的幻影，芳华转瞬即逝，任相思开满桃花，任春天的风里沾满泪痕。

那暮春的花事何处寻找？那大观园的情愫如何排遣？潇湘馆疏影摇曳，空留海棠诗社一地落红，殷殷似血。

说什么金玉良缘、木石前盟，匆匆人世走一遭罢了，未必他乡没有风景，没有旧知。

只是，谁来祭奠故乡，谁来告慰梦中的深情？

一场古典主义的雪

天意从来高难问。

一切都是前世注定，飞舞的灵魂挥动着双翅，转眼遁入黑沉沉的夜空。

白茫茫的大雪不期而至，覆盖了大观园，掩埋了月影花魂，飞进红楼惊闺梦。

天地一条无形的丝线，触动了谁敏感的神经？今生的宿命逃不过节令的操控，春花秋月转眼凋零。

白是自然的底色，无是世界的本源，风雪天，人去楼空。

原野寂寂，鸟雀无声，无边的惊雷划过心灵，也好，来就来吧，不过是墙倒屋塌。

皑皑柳絮白，晶莹女儿情，自古繁华梦一场，痴情尽付与西风残阳。

寒月梦三更，踟蹰雪里行，空气里，依稀残留着牡丹憔悴的花香，隐隐一袭猩红，超然于凡尘之外。

好大的一场雪，古典主义的韵味十足！

蒲松龄与《聊斋》

半梦半醒,半真半假,游走于天道、社会、人心之间,徘徊在现实与理想的边缘。

心生万物:神仙、鬼怪、灵兽、奇人。妙处化境:向真、向善、向美。

阿宝、婴宁、香玉,原来就在邻家。

厉鬼、画皮、妖怪,皆是心念作祟。

谈天谈地谈人心,天理昭彰,地狱有门,善恶终有报,为人根本莫忘记。

说狐说鬼说仙,狐本娇媚少女,鬼乃良善之辈,仙人也替凡间鸣不平,三教九流都是社会的弃儿。

七十一岁贡生,半道改了行,一碗水,一壶茶,聊出一部奇书。

绿柳垂下万千丝绦,一杯清茶看浑浊尘世,轻摇蒲扇,上天入地思绪茫茫,忽然一声轻呼,人间一缕温情潸然泪下。

黄昏、落日,老先生轻叹了一口气,骑上毛驴踽踽而去,身后,无尽的落寞与孤独弥漫开来。

孤愤不得言,寄托离奇古怪,旷世才华随风,落魄文人倾情一哭。

沁园春·雪

北方,一场大雪纷纷扬扬,峥嵘岁月,飘洒万种风流。

银装素裹,晴光妖娆,东方大地的帷幕款款拉开,一个伟大的诗魂,与东升的旭日一道,徐徐踱出。

指点江山,评说历代风流人物,上下五千年,纵横千万里,莽莽雪原发出响亮的挑战。

华夏古老的梦已然苍老,那天很冷,但他分明感到体内一股烈焰,熊熊燃烧不止。

深深弯下腰,热血融入大地的经纬,如画的江山更像一杯美酒,饮了,不觉深深醉倒。

金戈铁马之余,他是个不折不扣的诗人;挥毫泼墨的空当,他是个不屈不挠的统帅。

枪炮之声平平仄仄,正好做了抑扬顿挫的韵脚,北风呼啸,思绪千载,何妨填词一首以助雅兴?

雪在飘,雪在烧,片片素笺带来春的问候春的暖意。那阕雄视千古的词作,化作一则深刻的寓言故事,穿过风雪弥漫的北国,巍然屹立千秋史册之巅。

四海翻腾 五洲震荡

大江东去之后,怒发冲冠吟罢,他成了二十世纪中国的豪放派大师,嬴政、刘彻、李世民、赵匡胤,还有那位盘马弯弓的蒙古英雄,都在他的诗里矮了半截。

从韶山起步,走了一山又一山蹚了一河又一河闯了一关又一关,世上没有无路可走的路;从南方到北方又从北方到南方大江南北长城内外,他漫游了大半个中国,最后踱进了中南海。

一路血火,一路高歌。

他走过的地方,不是树起了纪念碑就是建起了博物馆,他爬过雪山钻过山沟住过窑洞,北风凛凛寒梅怒放,他预见了紫气东来;他赋过的诗篇不是想象奇伟就是气势磅礴,他唱过庐山吟过长城咏过北戴河,绿水青山铸诗魂,峥嵘岁月试看谁主大地沉与浮?

记不清弯弯黄河弯弯古道多少弯,何须细数千钧一发中流砥柱挽狂澜?

时代,赋予他神圣,他把烧毁旧世界的天火交给千千万万劳苦大众。

二十八个春夏秋冬，星星之火，终成燎原之势，开天辟地一声响，爆出个金灿灿的新中国，石破天惊！

风雨掩不住岁月真诚的呼声，大浪淘沙，千古风流！他站立成历史——一座血与火的丰碑。

五千年的文明史读他，读到了一种趋势——一种大江东去一泻千里的归程。

高鼻梁、蓝眼睛的西洋人读他，读到了一个信念——一个东方民族浴火重生后的豪迈和坚定。

灾难深重的黄土地读他，读到了一种久违的情感——秦时月汉时关盛唐风扑面而来。

西方列强也慢慢品出了其中的味道——那是一杯烈酒呵，苦苦的辣辣的。

他读整个中国整个世界，之后，整个中国整个世界读他。

他只是一个农民的儿子，他以祖祖辈辈不曾有过的深邃，透视出一个时代的真理。镰刀和锤头撞击迸射的火花，在九百六十万平方公里的神州大地，闪耀着璀璨的一幕：万山红遍，层林尽染。

春天 不朽的传说

一

春天,铺就中国迈向明天的坦途。

这是一个不一般的春天,这是公元一九七八年的春天,一个在严冬中整整凝固了十二年的春天。

这是一位慈祥的老人,娓娓道来一个春天的远景,毕生的心血化作春雨,辛勤浇灌着华夏家园。

这又是一个不平凡的春天,这是公元一九九二年的春天,一位辛勤的园丁,冷静审视着满园春色。

这是一位睿智的老人,站在东方沉思,那里,将升起一轮太阳,那是久违的辉煌,曾经,照耀东方,照亮全世界。

没有比梦想更大的梦想,没有比希望更大的希望,没有比春天更令人向往的意境。

二

春天,亦将绵绵不绝的哀思洒向中华大地。

仿佛平地一声雷,在料峭的春天炸响,这是公元一九九七年的春天,一个迎风流泪的日子。

其时，春光尚未完全铺开，紫荆花含苞待放，听得到春天咚咚的脚步声，触摸到春天跳动的脉搏，却没能看到春天万紫千红的容颜，春天的弦上，迸出了炽热的泪。

雨涔涔，泪潸潸，在这春天的季节，不由让人想起春天的故事，久远的、现在的，点点滴滴，涌上华夏儿女的心头。

春之容，春之声，春之绚丽，春之深情……

三

细雨轮回，又是一个东风浩荡的春天，一场春天的舞会正达到高潮。

这是一场真正的盛会，从东到西，从南到北，到处吐露着醉人的芬芳。

三十年河东，三十年河西。

三十年，物是人非，弹指一挥间，多少人间沧桑巨变？三十年，春风几度吹绿大地，故园春色引领多少时代风骚！

不变的，只有春天永恒的旋律；不变的，只有一个老人与春天永恒的对话。

春天的故事还在演绎，不朽的传说流淌至今，涌动着华夏生生不息的春潮。

冷峻的热血

一

一心悬壶济世，无意续写华章。

夜已深，点燃野草，透出一丝光亮。幽暗中谁在阴阴狞笑，若荒野之狼嗥，似深谷猫头鹰之怪叫，空洞而凛冽，飘忽又惊悚，寂静的夜蛇行般悄无声息，夜色吞没了一切。

咸亨酒店一灯如豆，孔乙己悠然自得嚼着茴香豆，光影黯淡，稍纵即逝，甚至没来得及留下一点印记、一丝余温，夜色重新笼罩大地。

悲也不知悲，痛也不知痛，冲撞、挤压、混合、变异……镜中熟悉的影像狰狞而陌生，地底赤红的岩浆开始往来奔突，之乎者也要用野火焚烧。

二

世相光怪陆离，往昔仅仅是一个表象，还是惯常熟视无睹？

赤子之心，沉默着月光的惨淡，就着阴冷的雪花，在村子外孤独地徘徊，歪歪斜斜的脚印斑驳凌乱，漫无边际的思想潮水般涌上来。

野狐狡兔，出没于荆棘荒草之中。

枣树、后花园、少年的玩伴闰土，还有月光下的西瓜地，童年的晨曦照不进夕阳的余晖。

故乡，我如何能舍弃你？又拿什么拯救你？一条生锈的铁链锁住古宅，五千年沉重冰凉的泪无声滑落。

三

特立独行，只是因为太清醒。

一番痛彻心扉的煎熬过后，毅然决然迈步向前。

黑洞，深不见底的黑洞，透着浓浓的血腥气，深红色的绸缎，艳若红霞，遮盖着历代层层叠叠的白骨，依稀可见桃花的颜色，隐约可闻梅花的琴音。

暗夜，携带无数的毒箭与咒语，凄清的目光和怪异的表情步步紧逼，猛地一把扼住黎明的脖颈。身后，是无边的黑暗，传来莫名的喧哗。

风雨如晦，一头扎进黑夜。夜，如此的漫长，如此的孤独，难道耗尽一生的时间等待？死寂一般的古国，鼾声如雷。

四

阿Q，该醒来了！

冷峻的热血，炽烈地燃烧，光焰驱赶着无边的黑暗，灵魂的旗帜高高擎起明天的希望。

闪电划破黑暗与黎明的边界,一声新时代的呐喊激越嘹亮,纷纷扬扬的新思想,在年三十的夜晚,飘飘洒洒从天而降。

而隐入其后的痛楚,与故乡两两相望,迎风生长为一片葱绿的原野,朦朦胧胧,似有若无。

一地心绪,谁来解读?刹那芳华,又将如何演绎?夜色低沉里,谁在低低地吟唱?

天,就要亮了……

卢沟桥

一

七月七日,一个刻骨铭心的日子,像嗜血的獠牙,又似重生的凤凰。

硝烟熏染记忆,火光照亮前方,羸弱的躯体导入青春激越的号角,贫弱的黄土地一跃而起。

举目远眺,古老的卢沟桥,不屈的灵魂傲然飞翔。

青铜呓语,黯淡了昨日的辉煌,一百多年了,东方睡狮一直在梦里沉睡。惊雷闪电中,深褐色的鬃毛迎风猎猎飘扬,亿万根银针带着复仇的烈焰迸射而出。

晓月如钩,乱云穿岗,千万面战鼓胸腔里咚咚擂响,没有比这更整齐的律动,四万万五千万的心跳强劲有力。母亲声声呼唤,嗅着乳名的芬芳,卢沟桥大踏步迎接金色的黎明。

走向民族复兴的圣殿,沐浴着神圣的光芒,卢沟桥,光荣与梦想惊艳绽放。

二

五千年的传承绵延不绝，暗香浮动，岳武穆的灵魂在这一刻闪亮登场，《满江红》骤然喷发炽烈滚烫的岩浆。

十四年的岁月呵，空间与时间交织的网，盛得下苦难，盛不下卢沟桥累积的悲伤。卢沟桥，注定是一座燃烧的活火山，那赤红的岩浆，喷发得何等磅礴和壮丽！

还有什么比这更激动人心的时刻？森林般的手臂高高扬起，如痴如狂。卢沟桥不会忘记，又怎敢遗忘，那个彻夜狂欢如同白昼的夜晚！

是谁，压抑中瞬间爆发，声音嘹亮，水袖急舞；是谁，播下第一颗饱满的种子，一朝长成故乡的模样。

等你等得太苦，几乎想不起模样；想你想得太累，猛然见面竟不敢相认。

久违了，喷薄而出的朝阳，卢沟桥率先迎来东方第一缕曙光，欢呼跳跃的石狮子抖落一身的悲怆，百兽之王发出惊天动地的吼声，气壮山河。

黑雨·白雪·桃花红

黑雨

黑雨,劈头盖脸地砸下来!

惊恐的眼神来不及呼喊,目露凶光的野兽舔着殷红的血,与黑色的死亡瞬间感应。

腥风,凝结成团团浓郁的阴影;血雨,一层层一片片密不透风。

天狗飞跑着,吞没了蔚蓝的晴空。滴答,滴答,黑雨带着死神的狰狞登场;轰隆,轰隆,闪电明晃晃地做了罪恶的帮凶。

黑雨一直在下着,这哪是一个季节的梅雨?赫然就是十四年!白骨的种子从石缝中发芽,窸窸窣窣毒蛇一般,延伸至黎明的前夜。

白雪

仿佛一夜之间,白雪,垂下三千丈思念覆盖了大地,清冷的月光流淌着记忆之河。

我知道,那是大地的魂魄,低头哀悼缕缕芳华的过早凋谢，大睁着眼，孤星凄凄的寒夜，做着一个又一个的噩梦。

走啊走，长长的巷道黑暗逼仄，铿然转身，你看到了太阳温暖的眼睛，滚烫的热泪夺眶而出。

恍若星光的泪，一丝丝的声音非常微弱，雷声开始在体内隐隐作响，我听到了地底下不屈的呐喊。

只要根系尚在，只要春风纵情放歌。

冻土，迸射出青龙宝剑铮鸣的怒吼，地底下沸腾的岩浆，将把这白雪一同烧灼，生命的火炬，高擎起华夏民族的尊严与自豪。

桃花红

从未见你如此娇艳的面庞，也从没想到你内敛的性情竟然如此刚烈奔放。

上一次还是在遥远的汉唐，战鼓铿锵咚咚作响，你一身红色的戎装，桃花的容颜洒满骄阳的光芒。

往事久远，毒蛇爬过锈蚀的沧桑，你无暇沉思，自顾自地欢呼着，掀掉盖头，你敲锣打鼓英姿飒爽，全然没有了新娘子的矜持与含蓄。

对了，你是黄河的女儿，今天是你大喜的日子，我的女王。

你手持红飘带风风火火，载歌载舞，嫁给胜利，嫁给劫后重生的黄土地，朝霞给你镀上一层神圣的华彩。

九月三日的新娘，你最美，你最靓！

美丽中国梦

残阳西风

是历尽劫难后的重逢,这条路太长太泥泞,何止两万五千里征程?依稀多少过往的曾经,美丽的心事每每成空。

流光易散,如梦似幻,转眼消失了梦的影踪。

独坐深秋,寂寞如祠庙孤僧;玄色黄昏,荒原野狐在游荡。自汉唐过后我们开始变得陌生,一百年前更是残阳西风。

历史的天空总是神秘朦胧,满天璀璨的繁星有名无名?

一度握住你的手一瞥惊鸿,凝视片刻手又轻轻滑落,你独来独往行色匆匆,几时孤独的身影不再把我刺痛?

长夜无眠

夜凉如水,天边没有一点辰星,千秋家国梦寒夜我独冷,无边的黑暗把我紧紧包裹,长夜无眠郁郁愁白少年头。

太长的牵挂太久的思念已然冰冻,冰冻在漏尽灯残无梦的三更,何处安放我炫动飞舞的灵魂?何处寄托我绵绵不绝的思情?

你是冻土覆盖下的老根,北风凛冽,雪花飞舞,坚冰围城,你高贵的灵魂何曾弯腰低头?

生命的张力在你全身慢慢聚拢,那是运行千年的地火岩浆,遏制愈久爆发力愈强,只需一个支点,瞬间万钧之力穿云破空,刹那飞上珠穆朗玛峰顶。

重逢有日

阴云笼关河,雨过天又晴,一番阵痛分娩别样的彩虹。

悠悠江水流不尽,长江两岸点点白帆,黄河的浪,昆仑的雪,万里长城观风景,穿过敦煌的风沙,丝绸之路响彻不息的驼铃声声。

你是纵横四海翱翔天际的巨龙,你青春的容颜是东方初升的太阳,你健壮的躯体是泰山不老的青松,你博大的心胸是东海展翅的鲲鹏,你奔腾的气势是九天的银河倾泻而下。

五彩缤纷洋洋洒洒的梦啊,灿烂在华夏浩瀚无边的星空。

回望来时曲曲折折的路,千重山万条河双脚踏平,而今重逢怎能不激荡我的心?

醇酒高歌

五千年的风雨，深藏丰厚的文化底蕴，醇酒一杯，高歌一曲，谁人拔剑来助兴？一路风尘走过，一路花雨飘来，消散了往事缥缈的云烟，伴随着铿锵的战鼓乐音。

披着一件春江花月夜梦的衣衫，千年云冈大佛神秘一笑嫣然，你来了！

落英缤纷，春天纷至沓来入梦境，梦里乘着春风的翅膀自由飞翔，你舞动时间经纬编制的新衣，古朴典雅的装束仪态万千。

踉跄向前紧紧抓住你的手，轻轻捧起你月光一样皎洁的脸，轻呼一声"中华"，叫得你泪水涟涟。

华灯初上，笑语喧哗，悠悠岁月连今古长河月又圆；花开花落，云卷云舒，阅尽人间多少沧桑；海上生明月，天涯又在上演谁的欢乐宴？

盛世大典

风吹梨花一夜白，秀色满山川，黄帝陵和伏羲庙前鲜花美酒翘首企盼，钟鼓齐鸣奏响这盛世的大典。

古铜色的声音穿透清幽的早晨，霞光中少女轻轻拨动七彩琴弦，花样年华倾吐心中无尽的幽兰，送上最真诚的祝福和最美好的祝愿。

时光在指缝间流淌，追忆似水流年，多少无尽的辛酸，多少热切的期盼。泱泱大中国华夏儿女十四亿，重重叠叠的梦画出一个同心圆。

轻轻地，心曲就这样被热情点燃，千条溪万条河流水响潺潺，百折千回一路欢歌一路辗转，向前，向前，向前！

春光中傲然绽放第一枝迎春花，向着万紫千红的大地深情呼唤。

时代航船

心中有梦春常在，激情亮闪闪，金灿灿一束暖阳照耀在心田。青山常在水，绿水长流山，黄钟大吕轰然响彻青山绿水间。

梦在心里盘旋，路在脚下伸展，打点行装一路并行踩着春天的鼓点，跨上神异的骏马驰骋在辽阔的草原。

追梦，追你到前世今生，追你到遥远的天边，风吹动你清秀的面容，生命因你而粲然。浩瀚连广宇，只因心中有一个瑰丽的梦，憧憬流进梦里，梦儿像花儿一样绚烂。

中国梦，春之声，欢呼着，跳跃着，这样一个阳光明媚、鲜花盛开的春天，裹挟着时代呼啸的洪流，航船缓缓驶离港湾。

后记 山海何人更作经

2021年11月,我受青岛市北区政府派遣,参与甘肃省陇南市东西协作乡村振兴工作,挂职西和县文体广电和旅游局副局长,主管文化宣传工作。

东西协作,文化先行,我一直认为,深层次的文化交流与融合,才是东西协作成熟的重要标志,从长远来看,它比单纯的经济数据更有说服力,更具根本性和普遍性的意义。正如没见过大海和崂山,没有喝上一顿正宗的青岛啤酒,就不算真正来到青岛一样;假如没有拜谒过仇池山,没有参观黄河大铁桥,错失瞻仰敦煌莫高窟的良机,从未涉足"大漠孤烟直,长河落日圆"的河西走廊,又何谈去过甘肃?文化就是这么奇妙地影响着人们的出行。

"伏羲生处,仇池古国,乞巧之乡,魅力西和。"这是世人冠之西和的美名。如何发挥自身创作特长,进一步宣传推广当地的人文景观,扩大知名度,促进旅游消费,进而助力乡村振兴工作,成为摆在我面前亟待解决的一道难题。历经无数个不眠之夜,我终于想到了散文诗这种特殊的文体;说特殊,是因为相较于小说、散文、诗歌等大众文学体裁而言,显得小众。散文诗是青岛文学的一大特色,而西和独特的人文特质非常适合用散文诗表述,少则两三百字,多则四五百字,高度概括,简明扼要,显然,没有比这更合适的文体了,简直就是量身定做。西和为我的散文诗创作提供了一块绝佳的"试验田"。

如果把视野再扩大,不仅仅局限于西和,放眼陇南,远眺整个甘肃,一条人文之河从大地深处涌现,那是八千年源远流长、生生不息的历史传承。记得几年前看到过一则旅游报道,大意是说甘肃是世界上绝佳的旅游地,几乎包括了所有的地形地貌,但唯独缺少"海"的元素。而我,正好来自位于黄海之滨的山东青岛,站在东西协作文化交流的角度,用散文诗将"山"与"海"巧妙连为一体,亦将内陆文化与海洋文明放在一个更加广阔的背景下,着重突出两者相互交融所呈现出的恢弘气象。我相信,这对甘肃和青岛而言,都是一个很好的宣传。旅行范围的扩大,使我逐渐萌生出创作一部散文诗集的念头,随着时间的推移,这种想法愈发强烈,继而一发不可收。

在我的心目中，广袤的西部就是一片文化的沃土，河西走廊、丝绸之路，至今与国运紧密相连。这次甘肃之行，对我来说，既有西天取经的虔诚，又有龙场悟道的通透，是工作，也是游历，更是一个思想不断升华的过程。思绪纷飞，独与天地精神往来，在一篇篇散文诗里感悟生命、体味文化，以一种迥异于以往的眼光加以审视，重新认识自己，认识身边这个熟悉而陌生的世界，如此说来，这又何尝不是一种修行？

从黄海之滨到陇上江南，三千六百多里的路程，山海迥然不同的人文景观，搅动中年纷纷扬扬的思绪，距离产生美，也产生灵感。挂职期间，我经常被一种使命感所驱使，我耕耘着，也享受着。山，因海而宏阔；海，因山而壮美。这是两个故乡之间的对话，灵魂深处的自由转换，试问，谁又不是山海的游子，浑然不觉沉醉其中？三千里之外，读书行路，神游八荒，时空打开了另一扇窗口，这种感受是新奇而独特的。

2022年10月20日，历经多半年艰苦的创作，全书终于完稿，郑重交给了青岛出版社和甘肃人民出版社（两社联合出版），也交给了读者诸君。焦虑过后，我的精神获得了极大的自由。作为挂职期间的一个具体成果，随着创作的完成，我也终于可以告慰那些艰难跋涉的时日了。金秋，又一次收获了丰收的喜悦。其时，正值党的二十大胜利召开之际，这本散文诗集的问世，虽是时代大潮中一朵小小的浪花，但它饱含着岛城一名挂职干部的殷殷深情，具有特殊的意义。

能够以东西协作文化交流的形式，助力西部乡村振兴工作；进而以专技人员的身份，参与共和国特定时期的历史进程，创作这样一部打上时代深刻烙印的散文诗集，在"山"与"海"之间，架起一座交流和沟通的桥梁，无疑，我是幸运的。在此，我愿做东西部文化交流的先行者，沿着文艺帮扶的新路子矢志不移地走下去。

在散文诗集的创作过程中，得到了甘肃省政协文化文史委的悉心指导，青岛市委宣传部文艺处、青岛市文联、青岛市文旅局、青岛市北区文旅局、青岛市北区发改局、青岛协作陇南第三批挂职领导干部等，一直密切关注着创作进度，给予不少建设性意见。陇南市文联、西和县委宣传部、西和县文联及作协等各个部门，在我创作期间，给予不少支持和帮助，我所挂职的西和县文体广电和旅游局，更是提供了各种便利条件，使我得以全力以赴地完成这部作品。青岛出版社地方文化出版中心总编辑刘坤和编辑刘芳明，在此书的编校过程中，也付出了巨大的劳动，还有很多良师益友，限于篇幅，这里就不一一列举了，在此一并表示感谢！自思只有创作出各方满意的作品，方不负诸位领导师友的殷切期望。

不得不说，山海两地代表性的自然人文景观还有很多，囿于挂职期限短，也因受疫情影响，很多计划中的行程都被迫中止，殊为遗憾，只有留待将来弥补了。散文诗集《山海间的吟唱》中，"山""海"题材各半，如果以后有机会，我想，以这些篇目为基础，再单独为甘肃省和青岛市续上"另一半"，也不失为风雅和勇毅之举，权且当作心头的一个念想吧。

巍巍陇原，回荡着高山流水之清音，琴岛唱和，诉不尽涛飞浪打的豪情，俯仰之间游目骋观，山海间一轮红日喷薄而出。

孙鹏
2022年10月写于岛城山海居